形式的诗性

河南评论家文丛

沈文慧 著

河南大学出版社
HENAN UNIVERSITY PRESS
·郑州·

图书在版编目(CIP)数据

形式的诗性 / 沈文慧著. -- 郑州 : 河南大学出版社, 2022.3

ISBN 978-7-5649-5050-7

Ⅰ.①形… Ⅱ.①沈… Ⅲ.①中国文学-当代文学-文学研究-河南 Ⅳ.①I206.7

中国版本图书馆 CIP 数据核字(2022)第 042165 号

项目总策划 侯若愚
责任编辑 侯若愚
责任校对 韩 露
封面设计 翟淼淼
出版发行 河南大学出版社
地址:郑州市郑东新区商务外环中华大厦 2401 号 邮编:450046
电话:0371-86059701(营销部) 网址:hupress.henu.edu.cn
排 版 河南金河印务有限公司
印 刷 河南瑞之光印刷股份有限公司

版 次	2022 年 3 月第 1 版	**印 次**	2022 年 3 月第 1 次印刷
开 本	890 mm×1240 mm 1/32	**印 张**	5.875
字 数	106 千字	**定 价**	32.00 元

目　　录

大河波涛涌　文脉气韵长

——《中原作家群研究资料丛刊》的编撰特点与学术价值

2017年8月19日,《中原作家群研究资料丛刊》(第二辑)出版座谈会在北京中国现代文学馆举行。中国当代文学研究会会长白烨、北京大学中文系主任陈晓明,以及程光炜、孟繁华、贺绍俊、李洱、陈福民等著名学者、作家、评论家出席座谈会。2015年《中原作家群研究资料丛刊》(第一辑)推出,受到学术界的广泛关注和积极评价,至此,《中原作家群研究资料丛刊》两辑23卷近800万字已全部付梓。《中原作家群研究资料丛刊》是由著名当代文学研究专家程光炜任总顾问,著名学者王德威、陈晓明、关爱和、孟繁华、白桦、何弘、孙先科、张云鹏等担任顾问,信阳师范学院文学院吴圣刚、沈文慧两位教授领衔主编,信阳师范学院"当代河南文学发展与中原文化建设"协同创新中心的12位教授、博士参与编撰,河南大学出版社隆重推出的一套当代中原作家群研究资料丛书。该套丛书文献搜罗宏富，文章选录精当，编校设计精良，是一套嘉惠学林与文坛的高品质、高质量的大型文献资料丛书。其编撰特点主要有三：

一、格式体例的完整性与规范性

编撰中原作家群作家研究资料的目的，既是为了整理中原文学成果，梳理中原文学脉流，助力中原文化建设，也是为中原作家作品的深入研究奠定基础、创造条件。体例规范完整，便于查阅，是基本编撰要求。为此，编委会参考中国现代文学界业已形成的文献整理规范，广泛吸纳学术顾问及相关专家意见，结合中原作家群创作和研究现状，制定了本套丛书的格式体例。每本研究资料均由"自述、访谈、印象记、研究论文选辑、作品年表、研究论著索引"几部分组成，涵盖了作家的人生历程、文学思想、文学实践，以及作家作品研究等多个向度，从作家、作品、读者、世界四维空间建构研究资料体系。另外，"丛刊"的开放性特征也与当代中原作家群的动态性、发展性相适应，对于一些遗漏或疏忽的作家及不断成长的中青年作家，可以酌情灵活增补研究资料专辑。

二、史料的原始性与丰富性

从最初动议到确定方案再到付梓面世,这套丛书历时4年有余,所有参与人员均付出了巨大精力、心力,因为,它绝不仅仅是已有研究成果的简单整合。编著者必须通读该作家的所有作品,包括文学作品、散文随笔、演讲报告、文艺批评等,形成对作家作品的感性认识和理性判断,这是编选作家研究资料的基础和前提。然后收集研究资料,要尽可能全面详尽,网络、报纸、杂志、著作、作家本人及其亲友故交等各种途径、各种渠道,越全面越好。以“自述、访谈、印象记”为例,本部分主要收录三类文章:一是作家本人关于自己的生平阅历、生命体验,以及自己作品、文学思想的创作谈之类的散文、随笔;二是别人对作家的专题采访、深度访谈;三是作家的亲朋故交、读者文友关于作家的速写、随笔。三类文章视角不同,前两类侧重作家的自我审视和自我认知,第三类是“他者”眼里的作家,这样,从“自我”和“他者”的双重视角全面呈现作家的个性特征和气质风貌。“作品年表”部分按时间顺序整理收录首发、首印、首译作品,期刊、著作具体到出版的年、月,报纸具体到日。“研究资料索引”包括期刊论文索引、学位论文索引、研究专著索引三部分,均按刊发/出版时间先后依次编排。对入选的所有文章，除了对一些明显的文字和标点符号的疏误作订正外，其他的包括注释的不完整、不规范、词语使用的不当等，都尽量保持原貌，以体现史料的原始性和本真性。

三、学术立场的客观性与学术态度的严谨性

编撰作家研究资料，最耗时、最费力、最艰苦的工作自然是资料的分类、甄别和遴选，它体现了编著者的眼光、立场、态度和学养，决定了研究资料的分量和品质，学术立场的客观性与学术态度的严谨性是形成研究资料品质和质量的重要保障。关于这一点，在“研究论文选辑”中体现得最为典型。该套研究资料选取的论文以时间为线索，以“问题”为中心，先总论后分论，对作家作品的总体性研究在前，具体作品/问题研究在后，同一作品/问题相对集中，体现严谨的逻辑性和清晰的层次感。典型性、历史性、多元性是选文的基本原则，力求覆盖作家不同时段、不同类型、不同风格的作品，兼顾专家批评与新锐批评，肯定性批判与否定性批评，不为尊者讳，坚持实事求是的学术立场，通过选取的研究论文体现不同时期的文学生态、文化场域和作家作品研究的历史进程。

格式体例的完整性与规范性、史料的原始性与丰富性、学

术立场的客观性与学术态度的严谨性，以上三点贯穿于《中原作家群研究资料丛刊》编撰的全过程，保证了整套资料编撰体系的统一性、规范性和高度的学理性，也因此形成了该套研究资料特殊的学术价值。

首先，该套研究资料为中国当代文学史料学建设及当代文学研究提供了宝贵的启发和借鉴。按照通行的文学史分期，中国当代文学已有70余年的发展历程，时长是中国现代文学的两倍。中国现代文学早已形成了严谨的史料整理规范，收集整理了丰沛的文学史料，建构了体系完备的现代文学史料学，为现代文学研究奠定了坚实的基础。比之现代文学，中国当代文学界在史料建设上却非常匮乏，重临时性、跟踪性的文学批评，轻资料积累和史料建设是多年来中国当代文学研究界的通病。跟踪性、碎片化的时评抓住的往往是文学的吉光片羽，且很容易被飞逝的时光“软埋”，而文学史所热衷的宏大叙事/通论侧重于文学发展的线性梳理和文学状貌的整体性、概念性描述，抓住的往往是历史的皮毛，遮蔽的是丰富的历史细节和丰富的心灵史，难以体现纷繁复杂的文学现象和历史全貌。70年来，中国当代文学作家辈出，作品繁盛，风格、流派、思潮纷呈，文学事件繁多，如不及时进行史料的收集整理建设工作，各种丰富复杂的文学现象就会淹没于历史的长河，时间越久面目越模糊，我们离当代文学发展的历史真实就越遥远,对当代文学的理解、认识难免陷入片面、误读或误解。《中原作家群研究资料丛刊》重视挖掘作家作品背后的东西,以充沛的史料阐释文学的丰富面貌。当代文学研究会会长白烨在座谈会中指出:“《中原作家群研究资料丛刊》是国内第一套地域作家群落研究资料,这套丛书对于我们十分重要的启示意义在于提醒我们,从现在起,中国当代文学研究要开始重视史料的建设工作。”这种从最基础的工作做起,不急功近利、踏实而坚韧的研究方法和学术态度对当代文学研究大有裨益。陈晓明教授也在发言中说:“今天的当代文学研究,需要评论和通论,但可能更需要扎扎实实的资料性工作,史料可能会给我们提供更为丰富的细节。比如,我从《宗璞研究》中看到冯友兰先生为《宗璞小说散文选》所写的序,而这序最后也没有用,因而是‘佚序’。我觉得非常有意思,冯友兰先生的序妙不可言,更耐人寻味的是这序最后竟然没有被采用。我觉得其中有很多值得推敲的内容。举这个例子我是想说明,在史料呈现文学史丰富细节这一点上,这套丛书的编纂出版具有非常大的启示性意义。”

其次,该套研究资料为当代河南文学研究与中原文化建设奠定了坚实的基础。“中原作家群”不仅是河南的文学现象,也是全国的文学现象,很多作家如刘震云、李洱、周大新等人的作品被翻译成多种语言在海外传播,具有国际影响力。

中原作家群以多样性的文学实践呈现传统与现代、城市与乡村、中心与边缘的复杂纠葛。著名作家李洱在发言中说:“从题材角度看,从最底层到最高的社会生活,河南作家都写了,中原作家群共同完成了当代中国的‘清明上河图’。这并不是说中原作家群有多么了不起,而是说他们带来了很多具有普遍性的、很有价值的问题。”资料整理无疑是学术研究中最基础性的工作。目前,学术界关于河南作家的研究资料,主要是20世纪80年代出版的《中国当代文学研究资料·李准专集》《中国当代文学研究资料·姚雪垠专集》《中国当代文学研究资料丛书·魏巍研究专集》及90年代的《河南新文学大系》等有限的几种,这显然是不够的,需要有人真正深入下去,沉入纷繁的资料中去,耐心、细密地梳理,把那些能够反映和体现作家创作实绩、作品价值和当代河南文学整体面貌的资料整理出来,形成完整、系统的当代河南文学的资料体系,为文学史的生成奠定坚实的基础。本套研究资料第一辑为白桦、周大新、刘震云、二月河、张一弓、阎连科、刘庆邦、李佩甫、田中禾、张宇、李洱、墨白、邵丽、乔叶、计文君等15位蜚声文坛的作家研究资料专集;第二辑为苏金伞、魏巍、姚雪垠、叶楠、李准、乔典运、宗璞、周同宾、孙方友、柳建伟等10位老一辈作家的研究资料专集。对梳理河南文脉、培养一方文气起到了巨大的作用,使“中原作家群”这个概念得到学术界的普遍认可,也强化了人们对中原作家群像的认知。孟繁华教授在发言中强调:“河南是中国四大文学强省(河南、江苏、陕西、山东)之一,其中,获得茅盾文学奖的河南省籍作家就有九人,这在全国是唯一的,而且,河南籍作家获得鲁迅文学奖的作者也越来越年轻化。这种创作态势十分强大。所以,这套丛书的编辑出版对于中原作家群的研究具有重要的推动作用。”

一方水土养一方人,中原作家群根于中原大地,滋养于悠久厚重的中原文化,作品中无处不弥散着中原文化的韵味气息,鲜明的文化烙印赋予中原作家作品特殊的精神风致。“中原作家群是一个以中原文化为背景的庞大创作群体,大致包括两类作家,一类是坚守在河南本土的作家,一类是生活、工作在外地的河南籍作家。中原文化氤氲了河南人特有的性格特征,而中原作家群在文学创作中则形成了关注现实、尊重历史、注重对价值和意义追求的基调,在题材上则以对苦难的抗争和对造成这种苦难的中原文化的反思为基本内容,在表现上则以厚重而风格多样为基本特点。”①因此,本套丛书对中原文化建设的价值显而易见,同时,对全球化时代的区域文化/文学研究也有重要意义。地方性与全球化是互动共生的

①何弘:《中原作家群新论》,《殷都学刊》2017年第1期。

关系,既相互依存又充满紧张感,“地方性”的被重视是全球性的文化现象,不同地域的作家群落所创造出来的文学之间充满了差异、活力、张力、互证和反证。陈晓明在发言中说:“目前,大大小小的区域文化/文学研究中心很活跃,但研究亮点并不多,其中,研究方法是一个值得关注的问题。这套丛书以丰富的史料和生动的细节呈现中原作家群的地域性特征,特别具有学术价值和文化精神。”

中原文化是中华文化的腹地和根脉,中原崛起,中国才能真正崛起。宋以前的中原文化/文学史,就是半部中国文化/文学史。大河波涛涌,文脉气韵长,当代中原作家群赓续历史文脉,正以浩荡之势汇入中华崛起的时代洪流,共同唱响文学繁荣、文化自信的时代强音。本套研究资料具有鲜明的史料意识和问题意识,呈现出中国当代文学的丰富性和复杂性,是对当代文学史的细化性研究。动态性、发展性是当代文学的显著特征,成熟的学科范式尚在孕育、探索之中。立足“本土”,放眼“全国”乃至“世界”,抛弃急功近利,从最基础的史料文献建设做起,继而进行扎根性、持续性、系统性研究,为建构当代文学学科范式打好基础。基于此,这套《中原作家群研究资料丛刊》所涉及的学术命题、所体现的学术思想和治学理念恰逢其时且至关重要。

论白桦文学的精神品质

2019 年 1 月 15 日，白桦先生与世长辞，享年 89 岁，这位从豫南大地走出去的著名作家，给世人留下了丰厚的文学遗产。《白桦文集》（四卷）涵盖了诗歌、散文、戏剧、小说和文学评论等多种文体类型，每一种均有不凡佳作。缪斯女神对白桦格外钟爱，慷慨大方地赋予他充沛的文学才华，他是真正的文学多面手。仿佛是与缪斯女神唱反调，命运女神眷顾的甘霖却极少抛洒到白桦身上，他一生命途多舛。然而，不管经历怎样的艰难坎坷，他对祖国、对人民的赤子之心始终不改，对真理、对正义的孜孜追求始终不改，对至真、至善、至美的深切呼唤始终不改，对一切假、丑、恶的犀利剖析和尖锐抨击始终不改。这是白桦文学一以贯之的生命底色和最为宝贵的精神品质。

一、世界以痛吻我,我报之以歌

1930年11月20日,白桦(原名陈佑华)与其胞兄叶楠(原名陈佐华)诞生于河南省信阳县城鲍氏街(今信阳市平桥区中山铺)。若干年后,兄弟二人双峰并峙,交相辉映,被誉为中国文坛的"双子星座",在国际上,有"中国文坛两棵长得一样的树"之美誉,堪称是中国当代文坛的一道独特风景。其父陈锡元生于民国初年,幼小投军,起于行伍,退为乡绅,在家乡买田置地,兴办实业,并热心公益和文化事业,深得乡邻尊重。1939年日本人占领信阳,陈锡元被日军抓捕,坚拒出任伪职,是年冬,被日本宪兵秘密活埋。父亲去世后,母亲含辛茹苦拉扯他们长大,千方百计供养他们读书。父亲的爱国精神和反抗精神,母亲的慈爱与坚韧品格,在幼年白桦的心中打下了深深烙印。热爱祖国、报效祖国成为他的终生追求,也是他文学创作的永恒主题之一。

1945—1947年,白桦就读于河南省信阳师范学校,其间,参加了由豫南进步学生组织的"人民文艺社",并在《豫南民报》主编文艺副刊《学生笔》(其刊头为白桦创作的木刻),发表杂文、散文、诗歌等作品。1947年秋,参加中国人民解放军中原野战军陈赓兵团四纵十三旅,开始军旅生涯。先后参加过淮海战役、渡江战役及解放江南、西南等诸战役。1949 年加入中国共产党，担任过宣传干事、教育干事、师俱乐部主任等职，1952 年调至贺龙元帅身边工作，曾任昆明军区创作组组长。1954 年加入中国作家协会，从事专业创作。1956 年调任北京中国人民解放军总政治部创作室创作员。

20 世纪 50 年代中期，白桦佳作迭出，相继出版了短篇小说集《边疆的声音》《猎人的姑娘》、抒情诗集《金沙江的怀念》、长篇叙事诗《鹰群》《孔雀》、中篇小说《山间铃响马帮来》等广受好评的作品。可是好景不长，1958 年风云骤变，厄运降临，白桦被划为右派，开除党籍、军籍，调至上海八一电影机械厂当钳工，被迫搁笔。1961 年，调任上海海燕电影制片厂任编辑、编剧。1964 年，重新入伍，调至武汉军区话剧团任编剧。1979 年获得改正，恢复党籍，在武汉军区文化部工作。

新时期以来，白桦的创作进入二度辉煌期。1977 年完成六场话剧《曙光》，后由武汉军区话剧团和中国话剧团联袂演出的同名话剧在北京、上海、武汉等地公演，引起轰动。1978 年三中全会前夕，白桦以长诗《阳光，谁也不能垄断》唱出人民的心声和时代强音："苏醒了的鹰/怎么能容忍窒息和黑暗？成长着的血肉之躯/必须冲破束缚，现状已经不能使我们羽翼丰满。""真理是人民的共同财富，就像太阳，谁也不能垄断。"中国作协在北京工人体育场组织诗歌朗诵会，三万多人为这首诗欢声雷动、激情澎湃。还有歌唱爱与生命的诗歌《颂歌，唱给一只小鸟》、赞美追求光明的《追赶太阳的人》、回忆峥嵘岁月的《雪原落日》等，这些诗作以强烈的责任感和使命感，为时代写下激情之歌，无不给人以启迪和震撼。1981 年 5 月，诗歌《春潮在望》获 1979—1980 年全国中青年诗人新诗奖。

然而，困厄再一次与他不期而遇。1980 年底，白桦与彭宁合作的电影文学剧本《苦恋》由长春电影制片厂摄制完成。20 世纪 70 年代末 80 年代初，尽管已经进入“新时期”，但“乍暖还寒”，“戴帽子”“打棍子”“上纲上线”的文学批评模式和思维惯性依然在很多人脑中顽固存在，文化生态整体上还比较狭隘偏激。《苦恋》对“文革”时期知识分子不幸遭遇的真实再现、深刻思考和尖锐质疑在新时期文坛激起了一场轩然大波，成为当时思想领域的一个焦点事件。首先发难的是《解放军报》，1981 年 4 月 20 日，该报以通栏大标题刊发特约评论员文章《四项基本原则不容违反——评电影文学剧本〈苦恋〉》，文章结论危言耸听：《苦恋》反映了“存在于少数人中的无政府主义、极端个人主义、资产阶级自由化以至否定四项基本原则的错误思潮”。随后电台、广播、全国十多家报纸、杂志（《解放日报》《红旗》《时代报告》《文学报》《北京日报》《长江日报》《湖北日报》等）转载或配合发表批判文章。这么大的批判声势，让刚从“文革”走出、余悸未消的文艺界颇为反感，时任《文汇报》总编辑马达的观点颇有代表性："这样打棍子，从政治概念出发，用政治原则代替文艺批评，人们是不能接受的。我们报纸不能转载这样的评论，如果一定要评论，我们可以自己写一篇文艺评论。"《文艺报》《文汇报》《人民日报》拒不转载批判文章，让当时的中共中央书记处书记胡乔木很不满，他说："像对于《苦恋》这样显然存在着严重政治错误的作品，我们的文艺批评界的许多同志竟然长时间内没有给以应有的批评，直至让它拍成电影。在《解放军报》发表批评后，一些同志除了指责这些评论文章的缺点以外，仍然不表述什么鲜明的态度。这不但是软弱，而且是失职。"①事态发展引起了邓小平、胡耀邦的关注，在《关于思想战线上的问题的谈话》中，邓小平指示："关于对《苦恋》的批评，《解放军报》现在可以不必再批了。《文艺报》要写出质量高的好文章，对《苦恋》进行批评。你们写好了，在《文艺报》上发表，并且由《人民日报》转载。"胡耀邦也认为《苦恋》"是不健康的，有害的……但军报那种批评的措辞，用的方法不稳妥"。他特别强调"发表批评文章，一定要用个人名义……要把批评作品与批评作者分开，不要混在一起……要充分说理……不要全国报纸一起登……不要强制人家转载"。邓、胡二人关于《苦恋》

①中共中央书记处研究文化组编《党和国家领导人论艺术》，文化艺术出版社，1982，第295页。

的"谈话"及时制止了事态的进一步扩展,也为新时期如何开展健康的文学批评指明了方向和原则。

后来,在周扬、张光年、贺敬之等人的精心组织下,由唐达成、唐因执笔,历时三个多月,写出《论〈苦恋〉的错误倾向》一文,在《文艺报》发表,10月7日《人民日报》全文转载。12月底,白桦以给《解放军报》和《文艺报》编辑部写信的方式对批评进行了回应。在信中,白桦分析了自己思想观念上存在的矛盾、偏激、片面等问题,以及弥漫于心的"迷惘和孤傲情绪",反省自己"对十年动乱和十年动乱遗留下来的后遗症缺乏正确的观察、判断"。随后,《人民日报》转发了该信,历时两年的"《苦恋》风波"渐趋平息。

"《苦恋》风波"终于以正常的文艺批评方式平安着陆,成为思想文化领域拨乱反正,使文学批评脱离"政治批判"回归"文学批评"之正途的明证。它得益于邓小平、胡耀邦两位卓越领导人的正确引领,也得益于思想解放的时代大潮,它见证了中国共产党对意识形态领域治理、管控方式的转变,标志着执政党领导文艺方式的重大调整,即用文艺的方式指导文艺,而不再是简单粗暴的行政干预和上纲上线的政治批判,更昭示了时代的发展、社会的进步、思想的活跃和文化的多元。2008年,白桦接受《南方周末》记者访谈时说:"《苦恋》的本意是呼唤人性的复归……是表达祖国的苦恋者们的苦难历程与真诚心迹。”“我以为它既是历史的产物，就让它历史地存在吧。它如果真的有生命力，它就会存活下来。它的魅力除了它的内涵，也应该包括它的局限和它出生时的如晦风雨。”2013年12月，电影剧本《苦恋》入选“《十月》创刊35周年最具影响力作品奖”。经过岁月的洗礼和历史的沉淀，作品的思想深度和艺术魅力终于拨云见日。

20世纪80年代至新世纪前十年，白桦始终保持着旺盛的创作激情和锐意创新的艺术活力，每年都有佳作面世，其中，《蓝铃姑娘》《远方有个女儿国》《哀莫大于心死》《一首情歌的来历》《小鸟听不懂大树的歌》《每一颗星都照亮过黑夜》等中、长篇小说；《追赶太阳的人》《从秋瑾到林昭》等抒情长诗；《吴王金戈越王剑》《李白与杜甫》《孔雀公主》等剧本广受好评。同时还发表了《作家的使命感与文学的未来》《中国当代文学的失落与复归》《什么是最好的文学》《创作、反响和建议》《文学创作必须自由》等大量随笔、创作谈和文艺评论，申述自己的文学观，探讨当代文学的得与失，呼唤创作自由，总结创作规律，具有珍贵的思想价值。白桦还多次应邀参加国际写作交流活动，先后出访苏联、美国、法国、比利时、荷兰、德国、日本、奥地利、澳大利亚、新加坡、马来西亚、泰国等多个国家，其作品亦以英、法、德、日、俄、韩等多国文字在海外发表和出版，赢得了国际声誉。

“岁寒，然后知松柏之后凋也。”从 20 世纪 50 年代开始，白桦经历了各种风浪与坎坷，然而，正如他的名字一样，始终刚毅坚卓，默默坚守，著名作家王安忆这样描述白桦的性格：

白桦是天真的，这似乎不可能，他经历了世事变迁，世态炎凉，他的天真何以保持着？白桦是简单的，这也不可能，他所身在的历史社会是复杂的，应对起来需要用极心力与心智。白桦又是热情的，这就更让人不安了，因为他的遭际每每使人沮丧，他的热情从哪里来呢？这些仿佛都源自于他的理想。那么让我们再来分析一下白桦的理想终究是什么？大约是一种希望，希望世界变得更好，人变得更好。这希望是那样殷切，以至于可以忽略许多失望而不计。①

是的，世事变迁和世态炎凉都不能更改白桦的天真、简单和热情，因为“让世界变得更美好”的理想和希望如此执着和殷切。“世界以痛吻我，我报之以歌！”印度诗人泰戈尔的诗句用之于白桦，是再合适不过的。

二、没有思想就没有文学

时间回溯至 1978 年，刚刚走出“文革”噩梦的文艺界终于

①王安忆：《在庆祝白桦 80 寿诞上的发言》，《诗歌月刊》2010 年第 1 期。

迎来了文学的春天，但什么能写什么不能写，歌颂还是暴露？很多人忐忑不安，犹疑不决——毕竟阴霾刚散，人们的心灵和精神还没有从沉重的压抑和桎梏中彻底解放。白桦则既不彷徨亦不观望，而是旗帜鲜明、坚定勇敢地亮出自己的文学观，他深入探析“为什么写”“如何写”“写什么”，以及作家的精神品格等文学的本质性问题，以理服人、以情动人，学理性与艺术性相融相合、相得益彰。

在发表于1979年8月的《我们创作的基点》一文中，白桦开篇提出问题：“我们为什么写戏、写诗、写小说？”“这个问题是个最根本的问题”，是“我们创作的基点”，“我们这一代文艺工作者”之所以“走了很长一段弯路”，就是因为“没有把为什么写戏这个最根本的问题搞清楚”。确实，“为什么写”即写作的价值观问题关乎一切文艺实践的“初心”和“归宿”，是文艺活动的“出发点”和“落脚点”。早在1942年的延安文艺座谈会上，毛泽东就强调：“为什么人的问题，是一个根本的问题，原则的问题。”“这个根本问题不解决，其他许多问题也就不易解决。”“文革”十年，文艺被政治绑架，成为党同伐异、谋取私利的工具和手段，大批优秀作品被禁锢，公式化、概念化、假大空文学盛行。白桦明确提出“为什么写”的问题，可谓抓住了文学“拨乱反正”的关键。他强烈谴责那些靠“打棍子”往上爬、靠辨认风向出风头的“文艺家”，热切呼吁：“我们创作的基点是：对人民负责！对历史负责！”“如果我们不是为了对今天的生活表态，不是为了促使人类社会的前进，促使经过千辛万苦才建立起来的社会主义国家更加完美，我们写戏干什么呢？”将“对人民负责！对历史负责！”作为文学创作的基点，体现出强烈的历史使命感和高度的责任感。“文革”结束后，白桦的创作激情如岩浆喷涌，那是在“漫长冬夜等待春天”的过程中反复酝酿、深度思考的结晶，是多年被迫沉默后的爆发，有人说，白桦写得太多太快了。他说：“我迫切要求倾吐，这是一个作家的责任。”

发表于1977年第9期《人民戏剧》的话剧《曙光》，在粉碎“四人帮”一周后就创作完成，该剧与刘心武的小说《班主任》、徐迟的报告文学《哥德巴赫猜想》并称为新时期文学“三只报春的燕子”，开启了“反思文学”的先河。《曙光》取材于真实历史：20世纪30年代，洪湖革命苏区因执行“立三路线”和“王明路线”，在革命内部实施残酷的“肃反”，导致大批革命志士被无辜杀害，革命根据地落入敌手。以贺龙为首的红军将士不仅要与国民党反动派在战场上做殊死较量，还要与党内“左”倾机会主义路线做尖锐斗争，因而付出了惨重代价。当时，“四人帮”刚刚倒台，思想界还在“反右”，反“左”还没提出来，《曙光》的出现无异于“怪物”，有人说“这是一部共产党杀共产党的戏”，很多亲人、同志给白桦做工作，要他撤回剧本，但他没有动摇。那时，他还没有恢复名誉，社会地位卑微。他说："这个戏以历史的教训来告诫未来！要正视路线斗争。"在白桦看来，"总结历史经验，正视历史教训"是现阶段最迫切的问题，也是他要跟全国人民高喊的一句最重要的话。他以历史唯物主义和革命现实主义为创作原则，着力再现那段血雨腥风的真实历史，塑造典型环境中的典型人物，直面并艺术呈现中国革命历程中的这段历史悲剧。他并没有"神化"贺龙——尽管他非常敬重他。"我们不能要求贺龙同志在那个历史时期做他做不到的事情"，"贺龙同志的地位和他的历史条件决定了他不能解决全党的路线问题，也不可能在一个局部地区、一支军队里解决路线问题。只能抵制、削弱它的影响，不可能根本的解决它"①。

打破文艺教条主义，有识无胆不行，有胆无识也不行，白桦胆识兼备，因而能够站在新时期思想解放的潮头浪尖。他特别看重作家的思想深度和作品的思想性。在 1979 年 4 月的诗歌创作座谈会上，白桦慷慨直言："今天我们的诗是思想多了吗？不，我们不能把口号等同思想。我认为我们今天的诗，思想少了，废话多了，一首诗哪怕有一句是人民群众想说的话，有一句剖析了现状，提出了问题，预见了未来，就是有思

---

①白桦：《历史的回顾与思考——创作〈曙光〉所想到的》，《戏剧艺术》1978 年第 1 期。

想的诗。”“任何一位大诗人，无不是由于他们的诗充满了思想的力量，才成为大师，没有任何一首只有美丽辞藻的空洞的诗歌能够流传下来。我们从他们的诗里，能感受到他们那个时代的脉搏，以及他们那个时代对今天仍然有着教育意义的思想的结晶。”显然，白桦所说的“思想”绝不是空洞的口号，更不是政治教条，而是来自作家对历史和现实的正视、审视与深思，使文学真正摆脱对政治的依附和盲从，在艺术“自律”和“他律”的辩证统一中，创作出“充满思想和美的光辉”的作品，真正做到对历史、对人民、对党负责。1983 年，在讨论电影时，他再次强调：“作品的大小既不在于它的篇幅，也不在于是多么有趣，而在于它包含有多少诗意的，思想的光辉。”将“思想的光辉”和“美（诗意）的光辉”并置，而非强调一点不及其余，体现出白桦文学观的辩证特征。孔子曰：“质胜文则野，文胜质则史。文质彬彬，然后君子。”孔子讲的是“君子”之道，亦是“为文”之道。别林斯基说：“不管一首诗歌充满着怎样美好的思想，不管它多么强烈地反映着现代问题，但如果里面没有诗歌，那么，它就不能够包含美好的思想和任何问题，我们所能看到的，充其量不过是执行得很坏的美好的企图而已。”①毛泽东说：“我们的要求则是政治和艺术的统一，内容

①别林斯基：《一八四七年俄国文学一瞥》，《别林斯基选集》（第 2 卷），满涛译，时代出版社，1952，第 414-415 页。

和形式的统一,革命的政治内容和尽可能完美的艺术形式的统一。缺乏艺术性的艺术品,无论政治上怎样进步,也是没有力量的。因此,我们既反对政治观点错误的艺术品,也反对只有正确的政治观点而没有艺术力量的所谓'标语口号式'的倾向。"习近平认为,文艺精品之所以"精",就在于其"思想精深、艺术精湛、制作精良"。可见,"文、质"兼美,思想性与艺术性的有机统一,是中国传统美学和马克思主义文艺理论的共识。白桦呼吁文学作品要充满"思想和美的光辉",是对"文革"期间政治绑架文学的矫正和反拨。

著名诗歌评论家谢冕先生曾对白桦 20 世纪 70 年代末至 80 年代初的诗歌进行了细致解读,认为白桦的诗风较之 20 世纪 50 年代有很大改变:"诗人的才华,集中地通过他对于时事尖锐抨击和热情的阐发显示出来……他的思考具有深刻的历史使命感。……他追求的是'有思想的诗'。""从书写'适应性文学'到试图用文学'纠正生活',白桦作为一个'觉醒'了的现代知识分子,坚定地走在求真之路上,其诗歌充满了正义感、反思精神和批判激情。"白桦历时十年创作的抒情长诗《从秋瑾到林昭》是"有思想的诗"的典型代表,是古稀之年的白桦为纪念辛亥革命女英烈秋瑾和与她有同样为真理献身精神的当代女诗人林昭的泣血之作,是我国当代诗歌史上的一首闪烁耀眼光芒的悲情史诗。白桦浓墨重彩地刻画了百年中国两位美丽、刚毅的女性:一个曾用“那双白皙的手引爆雷电/使得紫禁城内外一片狼藉”,一个“在绝对禁锢中探索思想/在完全孤独中追求自由”,她们犹如两座巍然的丰碑矗立在二十世纪中国的精神巅峰和思想高地。如果说,秋瑾是用自己的鲜血和头颅来推翻腐朽的国家政体,那么,林昭则是以自己的生命代价冲破思想牢笼,“偏偏冒天下之大不韪/去观察被封锁、被冻结的大地”。相较这两位“可怕的异端”,“林昭比秋瑾要艰难得多/林昭比秋瑾要孤独得多”,因为“她发现/大多数中国人的眼眶里都没有眼珠/亿万人只能瞪着空洞的眼眶/按照一双眼睛来认知世界”。林昭的卓然不凡,就在于她“不愿放弃思考”,“她对那颗超自然的太阳/产生了理所当然的怀疑”。全诗激情澎湃,凝练庄严,雄浑悲壮,引领读者一同表达对屈死者的怀念,对苟活者的忏悔而奋然前行。它凝聚着诗人的真诚、激情与胆识,富有强烈的艺术感染力。诗人屠岸说:“《从秋瑾到林昭》将在中国新诗史——不,中国诗史上,占据重要地位。作为一名读者,如果他的血还有一点热度,如果他的心还有一点红色,那么他读这首诗时,就不可能不流眼泪,不可能不思考,不可能不自省!”“就这首诗所达到的思想高度和艺术深度而言,它抵达到一个几乎空前的水平。”“真的猛士,敢于直面惨淡的人生,敢于正视淋漓的鲜血,这是怎样的哀痛者和幸福者!”鲁迅先生的话是白桦精神风骨的真实写照,也是他九死无悔的选择。

人,砸碎别人强加的精神桎梏比较容易;砸碎自己给自己套上的枷锁却很难,因为自认为那是闪光的项链而不觉得沉重。在大转折时代,文学要具有"思想解放运动的锋芒",前提是作家本人的自我解放,只有打碎各种精神枷锁尤其是自己套上的精神枷锁,才能真正拥有自由与自信,才能突破各种窠臼陋习、条条框框,形成自己的创作个性。"诗人的个性是诗人的自我,没有个性的文艺作品是不存在的。……如果诗里没有'我',诗歌哪能有个性?哪能百花齐放?"白桦心仪那些清醒、洞察世事而痛苦的知识分子,他引用罗曼·罗兰的话说:"世界上只有一种英雄主义:便是注目世界的真面目——并且爱世界。"他终生敬仰鲁迅先生,敬仰他不屈从而且竭尽全力高声呐喊的精神品格。"真正的诗人是没有媚骨的!"这是白桦对诗人的定义,他宁愿去歌颂民主墙上的一块砖头,千万不要再去歌颂什么救世主。晚年的白桦回顾自己 20 世纪 50 年代的作品颇为遗憾:"早年的诗歌散文都比较平面化,没有认真地把笔触转向人们的内心、人性的本来面目。……没有把生活的复杂性、深刻性写出来,我感到很遗憾。"对《山间铃响马帮来》这部广受欢迎的作品,白桦的自我评价却不高,认为自己没有写出生活的复杂性和深刻性。鲁迅先生说:"我的确时时解剖别人,然而更多的是无情地解剖我自己。"白桦正是在无情地解剖自己的过程中实现自我解放和自我超越。

三、唯爱、唯美、唯艺术

“生命的价值是爱的深与浅,绝不是时间的短和长”,这是经历了战争洗礼和“文革”磨砺之后,白桦对生命价值的认知。他在诗中吟咏:“我并不想做一个胜利者,只愿做一个爱和被爱的人。”他在看来,作家、艺术家如果失掉了爱,他的作品就干巴巴的。终其一生,白桦始终保持着对爱和美的执着信念和坚定追求,唯美、唯爱、唯艺术,是贯穿白桦作品的一根红线。无论时事变迁,身在浪尖或谷底,他展示给你的总是浅浅的笑容,无怨无尤的一个硬朗的背影——风度翩翩,潇洒优雅,才情横溢,他固有的善良、坚强、挚爱、天真、浪漫、单纯等性格特征在坎坷岁月的磨砺下,发出愈发炫目的光芒。他将自己对爱与美的执念熔铸在作品中,形成震撼人心、隽永悠长的艺术魅力。正如他的自述:“人类在历史的进程中,每一天都有那么多豪迈,都有那么多惨烈,那么多生离死别,那么多荒诞,那么多的追求,那么多的无奈。无论是昨天、今天、还是明天,无论哪种情状,即使是隔着时间的层层雾霭,我都会觉得美不胜收,那是一种苍凉的美。我多么希望把我看到和感受到的美尽可能都写出来!”

在中国电影文学史上，白桦的《今夜星光灿烂》是一个不能忽略的存在，作品最早发表于《收获》1979 年第 2 期，次年即被著名导演谢铁骊搬上银幕。影片以淮海战役为背景，以农村姑娘杨玉香在战斗中的成长历程为主线，颂扬了青年战士们在那场改变千百万人命运的正义战争中所表现出的牺牲精神和高贵品质，如同一首“悲欣交集”的革命抒情诗，意境深远，韵味隽永，沁人心脾。白桦摒弃了“宏大战役、卓越将领、伟大胜利、高大全人物”等中国战争题材影片的常见模式，将叙事重心聚焦于战争中的青年人，将笔触深入到这些青年的灵魂深处，写他们的质朴、坚强、美好和牺牲，让残酷的战争烛照他们纯真、透明的心灵。正如白桦所言：“虽然我只写了几个人，但实际上是一代人，他们都是英雄，又都是当时非常普通的人，正直、单纯、心地善良、勇于追求、勇于幻想……我写了一群好人，互相爱着，和星光那样互相照耀着，互相影响着，互相推动着，互相震撼着各自的心灵。……不仅让中国人也让外国人知道中国这个民族的文化素养和丰富的感情、高尚的情操。”老作家冯牧赞誉影片“是一部由于它所具有的美好的思想境界而能够提高和丰富人们的思想境界的影片”，“能够使我们深切地感受到那种有血有肉的人们所具有的思想、心灵和性格的力量”。白桦的诗人气质赋予影片浓郁的抒情色彩，事实上，影片整体上是“向内”而非“向外”的，淡化外在的戏剧性矛盾冲突，着力表现人物内在的情绪情感运动，人物的心理逻辑成为叙事的逻辑基础和结构性力量。白桦以亲切的柔情为那些牺牲的战友们唱出最真挚深情的歌谣，但不是悲壮的哀歌，而是赞颂的诗篇。作品在主旨、人物、风格等方面实现了对中国革命战争题材影片的拓展与突破。

长篇小说《一首情歌的来历》在俄罗斯套娃般的结构中，在对云南民歌《小河淌水》来历的追溯中，在对真情的追慕与抒写中，在极具民俗色彩的情境和诗情画意的境界中，讲述一个个感天动地的爱情故事，讴歌爱的忠贞与执着，是作家发自内心的爱情呼唤，使作品成为一部可歌可泣的爱情交响曲。以中篇小说《蓝铃姑娘》为代表的边地传奇系列，以超凡的想象力，离奇的故事，唯美的爱情，浓郁的民族文化，创作出亦幻亦真的艺术境界，再次引起文坛的瞩目与惊叹。小说中那个残暴的雪松头人与温柔的蓝铃姑娘合二为一的神秘形象，让人不觉想起梅里美的卡门。蓝铃姑娘集“冰火”于一身，白昼为飞扬跋扈的部落头人，夜晚则为柔顺如羔羊的痴情少女。她虽将两个角色饰演得天衣无缝，最后却因情之所钟，秘密败露，以死殉情。如此诡谲瑰丽的想象力和爱恨分明的奇女子形象，让人难以忘怀；白桦的笔触驱遣自如，极尽张弛之能事，时而热烈，时而冷漠，时而天真，时而诡谲，时而顾盼多情，时而杀人不见血。这样纯正的“浪漫传奇”在当代文学中实不多见。小说结尾陡然翻转,出人意料,蓝铃姑娘果断舍弃头人权位,还原她本真的女儿样态,毫不犹豫为爱殉情,她以生命为代价,最终摆脱了金钱、权势、虚荣等因素对人类自然本性的束缚、压抑和扭曲。作品以浓烈的悲剧彰显了“爱”的强大力量——源于人类自然本性欲求的纯真之爱最终升华为抵抗人性异化的解放性力量。这正是《蓝铃姑娘》这部边地浪漫传奇的思想深刻之处,也是白桦对“爱”与“美”的笃信和赞颂。

四、结语

白桦从血雨腥风的战场走来,历经“反右”和“文革”磨难,尽管命途多舛,却始终如昂扬挺立的白桦树,在风雨中坚守,在阳光下歌吟。苦难、抗争、忧愤,是他的诗意人生;热情、悲悯、自由,是他的诗意方向,愈到晚年,心智愈坚愈净愈纯。他是思考的大树和思想的精灵,更是勇于表达和善于表达的诗人。他的文学一头紧系着自己的良心、热血和硬骨,一头紧系着大地、祖国和人民,他的作品是思想者的孤独道白,也是大爱者的深情倾诉。斯人已去,精神长存,白桦的文学遗产尤其是白桦文学的精神品质将会随岁月的流逝而益发珍贵。

根植于乡土大地与现实生活的文学书写

——论周大新长篇小说的思想内涵与文化精神

到目前为止,周大新共发表了七部长篇小说,可谓丰赡厚重,硕果累累。它们是《走出盆地》(百花文艺出版社1990年版)、《第二十幕》(上、中、下)(人民文学出版社1998年版)、《21大厦》(昆仑出版社2001年版)、《战争传说》(长江文艺出版社2004年版)、《湖光山色》(作家出版社2006年版)、《预警》(北京十月文艺出版社2008年版)、《安魂》(作家出版社2012年版)。纵观这七部长篇,题材不同,故事多样,风格迥异,叙事空间涵盖了乡村、军营、传统城镇、现代都市,以及彼岸天堂,艺术笔触在过去、现在、未来辽阔的叙事空间自由驰骋,想象力在艺术的天空恣意飞翔。但周大新绝不仅仅从恣意驰骋的艺术想象中获取创作资源和艺术灵感,他始终是一位典型的现实主义作家,他的创作始终深深根植于生养他的中原大地和这个急遽变化的转折时代。本文将重点考察周大新长篇小说的思想内涵和文化精神。根据题材类型、创作主旨及叙事空间等因素,将这七个长篇分为三类:一类是守望乡土之作,包括《走出盆地》《湖光山色》;一类是回溯历史之作,包括《第二十幕》《战争传说》;一类是直面现实之作,包括《21 大厦》《预警》和《安魂》。

一、守望乡土:书写乡村中国的艰难蜕变

尽管我们说周大新是一个很难用地域或风格来框囿的作家,但我们必须承认,“南阳盆地”这个地域文化符号伴随着他创作的全过程。1952 年,周大新出生于河南南阳邓县(今邓州市)构林镇冯营前村一个普通农民家庭,在故乡空阔的平原田野上度过他快乐的童年时光。夏去冬来,春种秋收,盆地的四季风景和父老乡亲在盆地上劳作生活的情景在作家幼小的心灵中留下了深深的烙印,从那时起,“我开始感到人离不开土地。没有田地,人活得会很乏味”①。成年以后,周大新说:“这拥有上千万人的盆地里东游西逛。我见过很多的死人和活人,我同好些个男人和女人交谈,我到过乡村、小镇、县城

①周大新:《长在中原十八年》,《作家》2010 年第 10 期。

和州府,我进过茅屋、砖瓦房、洋楼、礼堂,我爬过山、涉过河、翻过丘……”南阳盆地的山川河流、人情世态、历史人文、精神气质、情感思绪、文化心理等早已如血液一样流淌在作家的生命中。20 世纪著名画家安德鲁·怀斯曾先后生活于美国宾州恰兹佛德镇和缅因州库辛镇,他终其一生创作的主题就是这两地的人物和风光。他说:“画查兹佛德附近的山丘,并不是因为它比别处的山丘优美,而是因为我生于斯长于斯,它对我有特殊的意义。”对周大新而言,“南阳盆地”同样具有特殊意义,那里是他的“文学领地”,也是他的“艺术星空”。他反复强调“人必须和自己生活的土地联系起来,才有可能深刻”。故乡大地、乡土中国始终是他心之所系,情之所至。从最初的《汉家女》《小盆地》《小诊所》,到后来的《家族》《泉涸》《紫雾》《老辄》《武家祠堂》《伏牛》《世事》,到 20 世纪 90 年代初的《香魂塘边香油坊》《哼个小曲给你听》等,周大新的“盆地系列小说”逐渐丰富、厚重、成熟。他无限深情地注视着他的在乡土大地上忙碌的乡亲们,体味着他们的悲欢离合、爱恨情仇,以饱满、温厚、深情的笔触书写他们的奋斗与挣扎、希望与失望、成功与失败、敦厚与质朴、忠诚与偏执、光明与黑暗,探索他们的昨天、今天和明天。

在创造了 20 多个盆地题材的中、短篇小说之后,或者说在具备一定的创作经验和艺术积淀之后,1990 年周大新推出了他的第一部长篇小说《走出盆地》,该作品在《小说家》(1990年第2期)首发时的副标题是"一个女人的生活和精神简历"。作品写一个名叫邹艾的苦命女子不服从命运的安排和捉弄,拼尽全力改变自己生存状态,寻找理想生活的故事。邹艾从小失去父爱,与母亲相依为命艰难度日,长大后被村干部诱骗,受尽屈辱。但她凭着一股不屈服、不服输的狠劲,抓住机会,走出盆地,进入部队。从卫生员、护士直到处心积虑、费尽心机成为军区副司令员的儿媳妇,尽享荣华,出尽风头,似乎登上了人生的顶峰。而这一切却是以对初恋的背叛、人性的迷失为代价。依附于权贵的"幸福人生"终究是靠不住的,副司令员的突然离世将她曾经攀附的一切瞬间化为乌有。复原回到原籍的邹艾再次被抛入社会底层,她必须从头开始重新出发。凭着顽强、坚韧和生活历练的智慧,邹艾开始了悲壮、艰辛的创业生涯,开诊所、办医院直至制药公司。难能可贵的是,邹艾在拓展事业的同时,重新审视自己的人生历程,思考生命的意义,终于找到了本真的自我和精神归宿——原来幸福并不在别处,就在自己坚实的脚下。主人公的运道似乎画了一个圈,又回到了原点,其实已经远远超越了此前的自己,而到达了新的生命高度和人生境界。

"艾"是多年生草本植物,在农村的田间、地头、山坡随处可见,植株散发着浓郁的苦味的馨香,就是这乡土大地上最微不足道的艾草，却有调经止血、安胎止崩、散寒除湿、抗过敏等多种药效。作者给他的主人公取名为“艾”，其寓意想而易见。“盆地”作为周大新小说的一个典型意象，不仅意指地域空间，更意指人物的精神生态，作家赋予“走出盆地”双重意涵：一是盆地人如何走出盆地开拓新的生存空间，建构美好幸福生活；二是盆地人如何走出精神的“盆地”/“低谷”，超越自我，实现主体精神的自由和飞越。而后者恰恰是作品的重心所在，也是作者的忧虑所在。邹艾的女儿心里口里对美国的崇拜和向往、对故乡的嫌弃和不屑，不正是处于精神“盆地”的一代青年的典型心态吗？他们也会为“走出盆地”付出人性的代价吗？他们最终能“走出盆地”吗？作品没有答案，而是戛然而止，韵味悠长。在此意义上，“走出盆地”寻找幸福是人类的永恒追求，也是人类社会生生不息的力量之源。周大新说：“我在分析了人类的主要活动之后发现，人活着的目的，人类全部活动的目的，其实就是四个字：寻找幸福。人们不停地去劳动、去发明、去创造、去反叛、去打仗、去迁徙，就是为了寻找幸福。”“小说写的是一个南阳农村姑娘走出盆地改变自己命运的经历，喻示的却是中国人和中华民族冲开重重障碍和束缚，坚韧顽强寻找理想的幸福生活的历史。”确实，小说写的是“一个女人的生活和精神史”，也是中原大地乡村儿女的奋斗史和精神蜕变史。

2006年,周大新推出了另一部乡村题材的长篇小说《湖光山色》,作品于2008年获得第七届茅盾文学奖。《走出盆地》是周大新在早期中国农村改革开放的时代背景中,对中原乡村儿女的生存状态、精神生活和心灵世界的艺术呈现,其艺术视野和思想深度相对狭窄和浅显,《湖光山色》则是对经过近30年改革开放历程后,中国的"农村、农业、农民"问题的现状与未来的深切关注和思考。改革开放30多年来,中国农村的经济结构、社会结构、生活方式发生了天翻地覆的变化,与之相伴生的,是农民的思想观念、价值体系、精神追求也发生了前所未有的变化。市场经济取代计划经济,这个根本性变革解放和发展了农村生产力,农民经济收入和生活水平显著提高;乡镇企业异军突起,带动了农村产业结构、就业结构变革和小城镇发展。农村社会结构最显著的变化是农村人口社会性流动增加,农村社会的"超稳定结构"(即经济上的均贫、政治上的同质、文化上的单一和社会上的封闭)松动,出现了前所未有的社会大分化,农民不再是传统意义上的农民,农村也不再是单一的同构性社会。改革开放前,导致农村社会分化的主要因素是家庭、出身、亲属,以及农民参军、考学等。改革开放后,除了以上因素仍在起作用外,农民可以通过打工、经商、创业等多种途径改变自己的身份。农村正在由"先赋型"社会演变为"后致型"社会。随着市场经济的深入发展,农村不同社会群体和阶层的利益意识不断被唤醒和强化，利益追求最大化成为广大农民社会行为的一种强大动力。随着农村改革不断深入和城市化的快速推进，各种矛盾日益突出。一方面农民大批进城淘金，土地荒芜田园废弃，导致农村的荒芜化、空心化；另一方面城市资本大量流向农村，乡土田园被城市资本任意侵吞和瓜分，与此同时，资本所携带的消费主义、享乐主义、拜金主义等也对朴素、单纯的传统乡村伦理道德造成极大冲击，成为某些封建腐朽思想沉渣泛起的催化剂，人性异化、传统人文价值失落的悲剧也越演越烈。乡镇企业在为农村及农民带来巨大经济收益的同时，对“湖光山色”和农村自然生态的破坏却触目惊心，整个乡村大地面临着生态恶化、道德沦丧和精神信仰滑坡的危机。

周大新身在都市，却始终“对乡村世界一腔深情”，“把当下乡村变革中的真实境况表现出来，引起读者们对乡村世界的关注”，“把乡村建设好”，使“乡村世界也变得魅力十足”①，《湖光山色》就是这种强烈的社会责任感和美好愿望合力催生的艺术结晶。

比之《走出盆地》的狭窄和单纯，《湖光山色》要复杂得多，涵盖了更为广阔、复杂、深层的农村社会现实，涉及农村改

①周大新：《对乡村世界一腔深情——由小说〈湖光山色〉谈起》，《光明日报》2011 年 4 月 11 日第 14 版。

革进入深水区的经济、社会、文化，以及伦理道德等诸多问题。与《走出盆地》一样，《湖光山色》的主人公依然是一位女性，周大新同样赋予了这位主人公一个意味深长的名字——暖暖。在某种程度上，暖暖就是另一位邹艾，或者说邹艾就是暖暖的姐姐，她们有内在的“血缘亲情”，她们一样美丽善良、敢爱敢恨、朴素坚韧、自尊自强，一样心存高远，富有开拓创新精神。暖暖高中毕业后进城打工，带着现代大都市的眼光和气魄回到家乡，立志在家乡创造出与城里人一样美好幸福的新生活。然而，她却没有邹艾幸运，尽管邹艾也历经坎坷，但她终究“走出盆地”，开拓了自己的生存空间，在提升生活质量的同时提升了自己的生命质量。而暖暖的每一次选择都经过深思熟虑，都带着义无反顾的决绝，而最后的结果却总是事与愿违、令人扼腕叹息。她想靠种植良种致富，却被贩卖假种子的小人骗了，背下了沉重的债务，一度压得她喘不过气。发展乡村旅游业，让她发现自己家乡的自然风光和历史文化的开发价值，从家庭旅馆开始，一步步做强做大。然而，随着暖暖与五洲国际旅游公司合作的深入，她的“楚地居”变成了薛传薪的“赏心苑”，以此为据点，城市资本“一方面将货币哲学灌输到楚王庄，另一方面也将楚王庄这个乡土社会中的一切都商品化。不管是女性的贞操、肉体，还是男性的道德、良知，都在这个巨无霸的车轮之下发出碎裂的响声”①。暖暖不知道她打开的是潘多拉的魔盒，无论她以怎样决绝、悲壮的姿态抗拒资本文明带给农耕文明的铜臭和污染，但她单薄的身躯怎能阻挡轰然而至的物欲快车？暖暖笃信爱情，因为爱，她嫁给了不名一文但憨厚朴实的旷开田。在暖暖的帮扶下，旷开田不仅成为楚王庄最先富裕起来的人，而且当上了楚王庄的村主任和五洲国际旅游公司的副总。随着生活环境和身份地位的变化，原本胆小善良、憨厚朴实、曾经深爱着暖暖的旷开田逐渐变得飞扬跋扈、恣意妄为，沉迷于色欲和权欲不能自拔，成为又一个横行乡里的詹石磴。他是封建专制文化与资本物欲文化混合的产物，既有封建的专制与骄纵，又有资本带来的奢靡与放任，一个从“奴”到“王”并以“王”自命主宰灵魂的人。暖暖以青春和激情守护的爱情以离婚终结。至此，暖暖的奋斗换来的是一场虚无——事业的虚无，爱情的虚无。在现代化的滚滚浪潮中，曾经肥沃的乡土大地已经变得干枯板结，人们种下希望的种子，收获的却是失望的苦果。问题到底出在哪儿？暖暖的故事既昭示着中国农村走向现代化的复杂和艰难，也昭示了时代变革下的中国社会最基层乡村女性的命运以及她们激烈和悲壮的奋斗与抗争。而“楚王庄”就是

①王文兴：《新世纪小说的乡土空间叙事及其意义》，《小说评论》2013年第2期。

今日中国广大乡村的缩影,《湖光山色》是对今日乡村中国的整体性叙事。作品写的是春种秋收、家庭婚姻、村民选主、农村旅游等日常性乡土故事,展示的却是中国农村在急遽现代化、城镇化进程中从外在物质世界到内在精神世界的巨大变迁和复杂样态。“在这个结构严密充满悲情和暖意的小说中,周大新以他对中国乡村生活的独特理解,既书写了乡村表层生活的巨大变迁和当代气息,同时也发现了乡村中国深层结构的坚固和蜕变的艰难。”①楚王庄正处在一个进退维谷的两难境地,艰难蜕变是它走进现代的必经之路。无论如何,农村绝不能成为荒芜的农村、留守的农村、记忆中的故园。“城镇化要发展,农业现代化和新农村建设也要发展,同步发展才能相得益彰,要推进城乡一体化发展。”这是中央关于美丽乡村建设的原则和要求,也是弥漫在《湖光山色》字里行间的诚挚期盼。

二、直面现实:我们应当如何安置生命?

在守望乡土、关注乡土中国艰难蜕变的同时,周大新更时时瞩目我们所处的时代,努力去把握和表现时代的各种映像。

①孟繁华:《乡村中国的艰难蜕变——评周大新长篇小说〈湖光山色〉》,《文艺报》2006 年 5 月 16 日第 2 版。

《21 大厦》便是对光怪陆离、浮躁纷扰的当代社会和人生的思考与审视。周大新离开了他谙熟的乡村题材和擅长的农业文明背景下的悲欢故事,转向都市生活,深切关注在强大物欲挤压下的现代都市人的生存焦虑和精神困境,体现出直面现实的精神,时代感异常强烈。21 大厦,一座奇特的大厦,一个浓缩的社会。它高耸入云,傲睨京城,被切割成公司、商行、餐厅、高级住宅区等许多空间,形形色色的人在这里聚集:有一掷千金的大款,有贪污腐败的部长和他的情妇,有行为乖张的画家师徒,有物质丰裕感情贫瘠最终自杀身亡的女博士,有工于心计,靠出卖灵肉满足权、欲的女人,也有勤恳工作但收入甚微,艰难度日却心地善良的保安员、保洁人员……一座大厦,将美丑善恶及人类在权、钱、欲面前林林总总的复杂心态折射出来,借以探究生命的价值及人生的意义。作品"试图切入并剖解当今社会各色人等和各种欲望诉求,以及贫富日益悬殊的商品化的冷峻现实","它关注的其实是人生的意义和价值,追问的是当今人们的各种活法儿和活着究竟为什么"①。

新世纪伊始,越演越烈的恐怖主义引发了周大新的深切关注和深沉忧思,其结果是催生了他第一部当代军事题材长

①雷达:《窥视与追问》,《光明日报》2002 年 2 月 7 日第 2 版。

篇小说《预警》。作品讲述了一支核弹部队大校作战局局长在恐怖分子精心设计的美女、金钱、荣誉、友谊等花样繁多的阴谋诡计的诱惑、驱使、胁迫下，最终落入陷阱被恐怖分子牢牢掌控，最后时刻幡然悔悟以死捍卫国家利益的故事。这部反恐加谍战的小说悬念迭生，疑云密布，在歌舞升平、温情脉脉的表象下掩盖的是四伏的危机和腾腾的杀气。但它绝不是一顿丰盛的大众文化快餐，而是一部沉重的感时忧世之作，是对瘟疫一样在世界范围内肆虐蔓延的恐怖主义的惊心动魄的文学书写，同时也相当犀利地剖析了恐怖主义产生的社会及人性根源——政治腐败、官僚跋扈、法律不彰，底层百姓的尊严和权利被任意践踏，那些曾经被侮辱被损害的人最容易变成潜在的恐怖分子而报复社会殃及无辜，再加之某些人信仰缺失、道德滑坡、欲望膨胀的精神状态，一旦与人性中的贪婪、嗜血等恶的因素相纠缠，其后果必然触目惊心。《预警》不仅是周大新对那些和平年代掉以轻心、疏于防范的军人的“预警”，也是对人生如何面对各种诱惑而不迷失本性、经历种种考验依然保持清明理性的“预警”，更是一部指向时代和现实社会的“预警”。

作为读者，我无法想象周大新是以怎样的坚强和隐忍，承受着中年丧子的嗜心锥心之痛完成了惊心动魄的《预警》，并于爱子离世三年后的 2012 年，用最真挚的父爱和最深沉的情感谱写了一曲沁人心脾、感人至深的“安魂曲”。著名评论家雷达这样评价《安魂》:“这是当下出版物中少有的,也是我长久期待的‘灵魂写作’。”①作家以生命为火炬,照亮了生死两界。这部数十万字的作品通篇是父子生死相隔却又灵魂无间的情深意切的绵长对话,实则是作家的心灵独语,是作家关于生命和人生的感悟与哲思。作品可分为三大部分,一是从儿子出生到研究生毕业参加工作。回望儿子出生、求学、恋爱、成长的生命历程,交织着作家作为父亲深深的自责和忏悔,是对自我人性灰暗和性格缺陷的深刻检讨和无情剖析。二是儿子得病抗争的全过程。直面生命的大悲大恸,大劫大难,将生命面对苦难和病痛的脆弱无助又坚韧顽强、面对死亡的恐惧胆怯又从容安详的复杂样态展示得淋漓尽致,体现了生命的丰富和尊严。第三部分是儿子离世到天国的美好生活。儿子虽然离开尘世,但在父亲心中儿子永远活着,离开人世只意味着儿子的生命在天国以更好的方式展开,父子之间也有机会进行更深入的对话、交流和沟通。有了这样的心理基础和基本叙事动力,《安魂》关于儿子在天堂生活的所有想象和虚构,都是真实合理的,具有瑰丽而深挚的艺术感染力。儿子的灵魂在天国可以和已故的亲人见面,过着纯洁高尚、自由自在

①雷达:《〈安魂〉一曲慰死生》,《中国青年报》2012 年 10 月 30 日第 10 版。

的生活，还可以和古今中外的先贤哲人探讨关乎生死、人性、生命的意义、人生的价值等哲学命题，在先贤哲人的教诲启迪下，儿子的心灵不断得到净化，对人生和生命的认识不断深入，思想境界不断得以提升。在儿子的灵魂飞升天国的过程中，要历经天国的甄域、涤域、净魂门、学域等不同空间，每一个空间都是对灵魂的洗涤，只有真正高贵纯洁的灵魂最后才能到达享域、圣域。总的来看，前两部分以时间为线索，真实细腻地叙写生命的消亡和陨落及人如何面对这种消亡和陨落。既然"死"是人类的终极宿命，亦是生命的另一种存在形式，谁都无法逃避，当死亡降临，最好的选择就是坦然面对、勇敢承受，向"死"而"生"。第三部分以空间为线索，聚焦想象的"天堂"，虚写儿子的灵魂在天国的游历、生活和成长。借"先哲之口"和"上帝之眼"启示人类：在这个疾速行进的时代，我们应该怎样生活？人生的价值和意义究竟是什么？应该如何安放生命？这绝不是什么空洞的说教或眩惑的高论，而是周大新最痛切的生命体验的思想结晶和艺术升华。

《安魂》发表后，在国内外引起极大反响，荣获 2012 年《当代》最佳长篇小说奖，2014 年《人民文学》长篇小说双年奖。现已被翻译为希腊语、阿拉伯语等语种。"小说是当代人面对生与死的重要启示录，这使它得以走出狭窄的个人视野，以无比的豁达将特别的温暖灌注到读者心灵深处。"这是《人民文学》双年奖给予《安魂》的授奖词。确实,作为“救赎”和“疗伤”的文学,《安魂》是作家献给自己已故爱子的“安魂曲”,是作家写给自己的“安魂曲”,也是献给天下所有失独父母的“安魂曲”,更是献给时代的“安魂曲”。一位学生跟我说,阅读《安魂》使他的灵魂受到了洗礼。对我自己而言,阅读《安魂》带给我久违的阅读体验,它如此直接、深刻地触摸到了我的心,我无法不自省,感觉自己的灵魂亦被唤醒、被抚慰、被重新安置。

三、回溯历史:让远久的历史对当代生活有切近的启示

周大新认为,“人类应该经常回视自己脚下的脚印并从中获得警示”,“写小说,归根结底是要写出你对自然界、社会和人生的感悟,这些感悟没有对历史的回望,没有比较,就很难发掘出来”。在20世纪行将结束的1998年,周大新推出了近百万字的精品力作《第二十幕》,其内容几乎涉及中国近代、现代、当代的全部重大历史事件,从清朝统治终结、军阀混战、抗日救亡、国内革命战争、资本主义工商业改造、“文化大革命”直至改革开放,时间跨度长,空间跨度大,是一部结实、丰厚、内蕴饱满的“史诗”巨作。作品以河南南阳尚家祖孙五代人为实现织出“霸王绸”的家族梦想而不屈不挠、不懈追求的

历程为叙事主线，紧密联系中国20世纪波诡云谲的社会现实，在家族和人物命运坎坷崎岖的变迁中展示社会历史风云变幻。其中熔铸了作者对百年来中国复杂文化形态的价值与命运的理性沉思，以及对社会问题的文化根源性的观察批判。作品重点关注了三种文化形态，即尚家振兴祖传丝织业的物质文化，晋金存、栗温保等人追逐权力的官本位文化，以卓远为代表的传统知识分子弘扬浩然正气的精英文化，这三种文化形态交错、碰撞、纠结与斗争，传达了作者对中国文化重建的深刻思考和对文化生态下个体生存的人文关怀。

“以农立国、重农抑商”是前现代中国最基本的经济指导思想，重利轻义、唯利是图、薄情寡义很大程度上成为商人的代名词，其社会地位远不及“书香门第”“耕读传家”高贵。然而，整个20世纪，自然灾害频发、贪官污吏巧夺豪取、异族入侵加之民族内部频繁的权力争夺，这一切都对社会生产力造成极大破坏，人民的吃穿住等基本生存问题长期不能得到很好地解决，发展生产力、振兴民族经济成为当务之急。“一个国家的人不会长久忍耐一种吃不好、穿不好、住不好且没有安全感的生活，他们必然会努力寻找能把他们带入富裕、安宁、幸福日子的人和制度。这是人类社会发展的规律。”①《第二

①周大新:《第二十幕》(中)，人民文学出版社，1998，第379-380页。

十幕》充分肯定商业活动之于整个社会生活的重要价值，肯定物质文明之于华夏文明和世界文明的巨大贡献，浓墨重彩书写中原商业世家的家族史、奋斗史，展示他们忍辱负重、锲而不舍、不屈不挠的奋斗精神，这种精神是中华民族精神大厦的基石。其中，最典型的代表当然是尚达志，达志是南阳尚家丝织祖业的第二代传人，尚家的顶梁柱，也是周大新到目前为止创造的最有光彩、最复杂、最成功的男性形象。他那样多情，对初恋情人终生不渝，又那样无情，为了祖传的丝织业，一再背弃爱的誓约；他那样坚韧顽强，尚家机房毁了建、建了毁，毁了再建，无论时局多么艰难，环境多么险恶，都不能破灭他织出"霸王绸"光宗耀祖、昌明国粹的梦想；他那样胆怯脆弱，面对一个个贪官污吏的敲诈勒索低眉俯首、唯唯诺诺，告诫后辈永远不要与官家作对；他那样善良宽厚，热心救济饥饿冻馁的儿童，对子孙后辈疼爱有加，却又那样残酷无情，为了买织机，卖掉女儿，为了让重孙子专心丝织业，用哑药毁掉重孙子的嗓子，更可恨的是，为了保住织机，竟然让儿媳出面与日本人交涉，致使儿媳惨死在。每当需要他在家人、亲人、爱人与丝织祖业之间做出选择时，他都无一例外放弃家人、亲人、爱人，在发展壮大祖传丝织业的强烈愿望面前，再深厚、浓烈的亲情、爱情都不堪一击。确实，"他爱的是物，不是人"，他认为"只有名声、名气、名誉对男人最重要"。他一生为"物"所累，为

“物”所困，是一个被“物”异化、扭曲、抽空的人，生命被物质和功利牢牢操控。过于强烈的物质和功利追求使他忽略了生命本身的价值和尊严，他的灵魂是干瘪的，情感是匮乏的，精神是扁平的。周大新将尚达志置于亲情、爱情和祖业的两难抉择中，在尖锐激烈的矛盾冲突中烛照他性格深处的复杂性、多面性、功利性。你不得不敬重他、佩服他、仰视他，同时也无法不气恨他、埋怨他、蔑视他。在他身上，作家寄予了爱恨交织的复杂情感，充分体现出周大新的远见卓识和清明理性。他提醒人们警觉：发展经济、繁荣物质无论怎么重要，但若以牺牲生命的价值和尊严为代价，若“物”凌驾于“人”之上，那是本末倒置、得不偿失！

与对以尚达志为代表的“物质文化”追求的复杂情感不同，周大新对醉心权谋的官本位文化的批判是尖锐、深刻、不留情面的，对权力之于人性的腐蚀与侵害的剖析尤为透彻。栗温保本是清朝时期的穷苦农民，本性温厚善良，迫于生计成了抢劫犯，为了活命参加了农民革命军，直接革了南阳府通判晋金存的命。在他做农民军司令的时候，他高举让穷人“有饭吃、有衣穿、有房子住”的“三有”大旗，军纪严明，绝不允许下属欺压农民。清朝覆灭后，栗温保成了南阳副镇史，住进了晋金存曾经作威作福的晋府。上任之初，他不摆架子，体恤民情，但很快就被权力、金钱、欲望所捕获，堕落成为一个见利忘义、阴险狡诈、心狠手辣的恶魔，为满足私欲抛妻纳妾，为聚敛钱财敲诈商户，指使士兵假扮土匪将尚吉利大机房洗劫成一空，为保住权位嫁祸于人、落井下石，比晋金存有过之而不及。可悲的是热衷权力与金钱的人从古至今从不缺乏，尚家后辈中的尚穹就是新时期的“晋金存”和“栗温保”，他坚信：“一个人一生是否活得辉煌，不就是要看他所掌握的权利有多大吗？”为此，他动用一切关系和手段与尚吉利集团打官司争财产，置集团破产于不顾。为了满足自己的私欲，祖业、亲情、道德统统抛之脑后。与之形成鲜明对照的是以卓远为代表的知识分子精英文化在百年风云中，始终秉承“富贵不能淫、贫贱不能移、威武不能屈”的浩然正气和知识分子的独立精神，为民请命，鞭笞、批判一切不公正不合理的行为和机制，他是鲁迅所说的“中国的脊梁”，传承的是中华文化的精髓。然而可悲的是，无论是满清政府、军阀混战还是建国之后，卓远及其代表的文化精神始终没有得到应有的尊重和保护，反而一而再再而三地被迫害，先是被晋金存砍掉了右手，后被栗温保恐吓谋害，是女儿绫绫替他挡了子弹才幸免于难，更为可悲的是“文化大革命”中，“破四旧”的大火将卓家世代收藏的文化典籍化为灰烬。卓远留在世上的最后一句话是“我担心……”，究竟是什么让这位历经忧患沧桑的老知识分子难以释怀？作品看起来没说实际上已经含蓄地暗示了——那就是他所秉承和传承的中国传统文化中那种为“天地立心、为生民立命、为往圣继绝学、为万世开太平”入积极世、勇于担当、浩然正气的文化精神的日渐式微。卓远没有儿孙传承祖业，唯一传承卓家书香的外孙女月儿是一名普通教师，执迷于文物考古，“文化大革命”中因为恨其恋人左涛的给造反派指认外公藏书之处，致使卓远的藏书被造反派付之一炬，愤而用锥子戳伤了左涛的生殖器。尽管“文革”后二人重修旧好，但他们始终无法过正常的夫妻生活，因而也不可能养育子女。卓家的书香文脉在月儿之后由谁来传承？作品对此完全搁置。这种极富隐喻色彩的情节设计和人物命运安排耐人寻味，它是否隐藏着周大新对百年风云变迁中，传统文化精神因不断挤压而日益萎缩的历史命运的深深忧虑？

另外，《第二十幕》对“文化大革命”时期人性扭曲与乖张的文化根源性反思特别发人深省。在作品中，尚家大机房历经多次盘剥和洗劫，但破坏最严重、损失最惨重的是在“文革”时期，整个尚吉利丝织厂被造反派一把大火烧成灰烬，尚家丝织业的第三代传人尚立世和他的妻子尤芽一起葬身火海。那些曾经单纯、善良的普通人为何在“文革”时期一个个都变成了毫无同情、怜悯之心的凶神恶煞？人性之恶四处泛滥的原因究竟何在？对此，周大新通过红卫兵审讯蔡承银的情节描述和蔡承银的遗书进行了深刻反思：“我们这些年差不多在不断地组织人斗人,而没有用爱心去劝导人爱人。我们终于把人性中那部分最丑恶的东西全部都诱发了出来……一定要建立一种科学的政治体制,这种体制将保证社会正常平安的运行,任何单个人都不能说了算,任何人都得接受这个体制的制约和监督。……一定要把主要精力用在组织社会的物质生产上,要让人们吃饱、穿暖、住宽敞。”确实,不能将一个民族一段时间都陷入疯狂状态仅仅归根于对某个人的盲目崇拜、人性冲动和各种各样的宣传煽动,其更深刻的社会文化根源在于长久以来盛行的“斗争哲学”使人与人之间互相猜忌、仇视,仁爱、爱人之心几乎丧失殆尽;而不受约束监督的权利机制,导致整个社会对权利的疯狂追求和盲目崇拜,权力的滥用必然招致权利的报复,陷入恶性循环的怪圈。加之新中国成立后,并没有给普通百姓谋得实实在在的福利,灾荒、饥馑不断,人们心中聚集了越来越多的不满和愤怒,终于在“文革”时期爆发出来,或者说,“文革”是多年来形成的社会文化心理及各种社会问题的总爆发。

作为军旅作家,战争与人之间的关系始终周大新军旅小说的聚焦点。“从早期军旅创作中对战争神圣性、正义性的歌颂,到逐渐回归到人性层面对战争进行多层次反思,再到坚定地立足于民间视角以普通人的生命体验对战争进行深层人性透视,周大新在自我调整中逐渐找到了思考战争的个性化视角，其军旅小说创作也因此日益走向深入和成熟。”①深入和成熟的标志性作品就是《战争传说》。作品写的是明代历史上著名的土木堡之战和北京保卫战，但周大新既没有对战争进行正面描写以显示战争的正义和壮烈，也没有表现将帅等大人物如何运筹帷幄决胜千里以彰显所谓的“英雄史观”，更不是对这段明史重新挖掘和唤醒以解构或重构历史，而是别出心裁另辟蹊径，将叙事重心放在“普通人对战争的感受和态度上”，采用“平民视角民间叙述”，通过一名被动卷入战争的瓦刺女间谍娜仁高娃的传奇人生和曲折的心路历程来反观、思考、质疑战争，巨大历史中的战争变成了一个女人的“战争”，她的身体和心灵的“战争”。在周大新看来，大明王朝与蒙古人之间的这场血腥战争除了由来已久的民族矛盾之外，更重要的原因在于瓦刺统领也先太师、谋士哈帖及明朝大太监王振等人对极权的强烈渴望，为了坐上皇帝宝座，拥有号令天下的权利，他们驱遣无数平民百姓陷入战争泥潭，使无数家庭妻离子散，家破人亡。作品紧扣普通人关于战争的生命体验，从人性的角度反思战争的根源性和战争的嗜血性、残酷性，使《战争传说》超越了一般战争题材作品而具备了鲜明的个性特征和深广的人性内涵。亚里士多德曾在《诗学》中指

①王治国，郭海玉：《民间视角下的人性探寻——周大新军旅小说的战争之思》，《当代文坛》2011 年第 3 期。

出“诗”与“历史”的区别：“历史家描述已发生的事，而诗人则描述可能发生的事。因此，诗比历史是更哲学的，更严肃的：因为诗所说的多半带有普遍性，而历史所说的则是个别的事情。”《战争传说》是“小说家发现的历史”，作品用现代眼光、现代意识去发现历史、解读历史，让“远久的历史生活对当代生活有近切的启示”，因而它比“正史”更深刻、更复杂、更严肃，也更耐人寻味。

四、余论

早在20世纪90年代，周大新在文坛锋芒初露，谈到自己从事文学创作的动机，他毫不含糊——“为了人类的日臻完美”！20多年过去了，中国社会和作家的个人生活都发生了巨大的变化，但“为了人类的日臻完美”而文学价值观却历久弥坚。对转型时代复杂的现实生活进行大胆的审美判断，从社会发展和历史规律的高度来认识现实和把握人生，表达出力图对现实发言的强烈愿望，是周大新长篇小说一以贯之的主体格调。对时代问题的追问、对现实人生的观照、对社会生态的考察、对历史大势的深思，以真求美、以质修文、以现实的深度赢得艺术的高度。无论文坛如何新潮涌动、花样翻新，他始终坚守文学对现实的忠诚和责任，“瞩目我们所处的时代”,“努力把握和表现这个时代”,并以自己文学实践为“时代添加新的内容,给时代留下自己的印痕”。包括那些回溯历史的作品,也是为了更好地看清现实,从而使自己对现实的发言更有力量。他为真善美奉上最诚挚的歌谣,引导人类向完美境界迈进不遗余力。对人类生活中向邪恶和野蛮倒退的行为和心理给以深入的剖析和尖锐的抨击,如权利、金钱、欲望对人性的腐蚀和侵害的反思和批判,对战争、恐怖主义给普通人带来的灾难和痛苦的揭示与警示,对转型时期民族文化重建的深刻思考和对文化生态下个体生存的深切关怀,对人性复杂向度的多维探索、对全球化时代我们如何自处的思考和探寻……所有这些,赋予了周大新长篇小说丰厚扎实的思想内涵,带给读者沉甸甸的阅读感受和抵达心灵深处的审美体验。评论家雷达指出:“目前中国作家里少有人敢于正面直视和试图解释这个巨大、奇特、复杂、纠缠、难以理出头绪的时代,目前中国作家的最大问题是失去了把握和解读这个时代的能力,无法定性,于是只能舍弃整体性,专注于局部趣味,或满足于类型化”。而周大新却迎难而上,力求对急遽转型的中国社会进行整体性观照和个人化表述,也许他不够先锋、不够时尚、不够新锐,其根植于乡土大地和现实生活的文学书写,拥有一种来自生活深层的厚重美和朴素美,以及强烈的现实介入意识与行动力。

有意味的形式:周大新长篇新作《曲终人在》的叙事艺术分析

一般认为,当代官场小说的基本特征表现为以权力运作为中心,以官员为主人公,官、钱、权、色、位五素俱全,重在写官场生态和官运沉浮。一些优秀的官场小说紧握时代脉搏,贴近现实生活,从官场这一特殊窗口透视中国改革开放和现代化建设的艰难历程,揭示、反思当代中国官场运行机制和官场文化生态,针砭时弊,匡扶正义,体现出强烈的批判现实主义精神和犀利的思想锋芒,表达了人民的心声和时代的呼声,彰显出正义的力量。但官场小说的庸俗化书写倾向也是显而易见的,一些创作者文化品格丧失,视权术为智慧,奉欲念为信念,过度渲染官场权术,大肆铺排权钱色交易,加之题材的同质化,叙事方式的模式化,表达方式的娱乐化,官场小说正在沦为一种庸俗的类型化小说。

周大新的新作《曲终人在》写的虽是官场中的人和事,却不热衷于权力运作、宦海沉浮,对一些官场小说精心演绎的权、钱、色交易极力淡化。应该说,《曲终人在》是一部“去官场化”的官场小说,如果官场是一条河,它就是站在河边的凝望与反思。而叙事手法的新颖别致则是《曲终人在》最引人注目的艺术探索和创新,本文将借助叙事学的相关理论资源,重点探究《曲终人在》的叙事特征及其艺术功能。

一、反情节化的情节结构

周大新擅长讲故事,他的小说大多会有跌宕起伏、引人入胜的故事。这些故事一般线索清晰,既悬念迭出又环环相扣,如同一棵大树,枝丫虽多,花叶虽繁,但都围绕主干生长展开,即使重叠错综也不会让人眼花缭乱、无所适从,因此,他的小说有很强的可读性,且很受影视青睐,多部作品被改编为电影或电视剧。周大新对故事情有独钟,他认为“故事是小说最基本的成分”,是作家借以塑造人物的工具和传递思想感情的载体,“如果没有故事,小说的思想意蕴就无法负载”,“作家要想把自己的情感传导给读者,不借助故事便很难完成”,因此，“故事”是小说“区别其他文学样式的最本质的界限”①。

故事属于叙事作品的内容层面，但叙事学并不研究故事的具体内容，而是研究故事的组织形态和事件、人物、情节、环境等构成要素。故事由两个或两个以上的事件组成，事件就是“指事物从一种状态向另一种状态的转化”②。从叙事功能的角度看，事件可以分为功能性事件和非功能性事件，功能性事件是推动故事发展的动力，非功能性事件则不对故事的发展产生影响，罗兰·巴特将前者称为“核心”事件，后者称为“卫星”事件。“核心”事件是故事的关键点或转折点，一旦省略，基本叙事逻辑就不能成立。“卫星”事件不关涉故事发展的逻辑走向，但可以补充、丰富“核心”事件，使之更加丰满、更有韵味。故事是事件的组合，而情节则是事件之间的联系与发展。詹姆斯·S.布朗认为：“情节是事件的发展过程。……是小说和戏剧的基石。……是故事得以成型的基本骨架。”③可见，故事与情节是一体两面、密不可分的。高尔其认为，情节是人物之间的关联、矛盾、同情、反感和一般的相互关系，是某种性格、典型的成长和构成的历史，他强调的是情节

---

①周大新：《漫说“故事”》，《文学评论》1992年第1期。

②赵炎秋主编：《文学批评实践教程》，中南大学出版社，2007，第116页。

③詹姆斯·S.布朗、斯科特·D.雅布洛：《实用文学研究导论》，罗长青译，中国社会科学出版社，2011，第68页。

之于人物形象塑造的重要作用。矛盾冲突的形成与解决是情节构成的基础，小说创作的关键是从错综复杂的矛盾冲突和形形色色的生活事件中，选取最能展示人物性格、心理的事件，经过提炼、加工、改造，形成富有表现力的情节。德国戏剧理论家古斯塔夫·弗赖塔格用一个金字塔形的几何三角形来表示情节结构，他认为情节由上升、高潮和回落三大部分组成。当然，这种“弗赖塔格金字塔”不是规则三角形，“攀升进程”要比转化后的“回落进程”漫长得多，整个“攀升进程”既有内在冲突也有外在冲突。

如前所述，周大新是讲故事的高手。一方面，他善于制造紧张激烈的矛盾冲突，将人物置于尖锐复杂的矛盾斗争漩涡，在进退维谷的艰难抉择中透视人物的情绪、心理和感情，从而烛照人物的性格特征和人格走向。如在《第二十幕》中，多次让主人公尚达志在爱情、亲情与祖传丝织业之间抉择，每一次抉择，他都痛苦万分，但最终都是为保全丝织业而放弃爱情、亲情，这样的情节设置充分揭示了尚达志潜意识中“重物轻人”的文化心理和“利益至上”的功利主义价值观。同时，尚达志的每一次抉择都是决定故事发展走向的功能性事件/核心事件，不仅在塑造人物、揭示主旨方面意义重大，其叙事功能亦非常强大，正是这些功能性事件/核心事件的有机组合，建构起作品波澜壮阔的叙事景观。另一方面，他善于利用误会、巧合,以及草蛇灰线、伏脉千里等中国传统叙事手法,巧设置悬念,巧留空白,激发读者阅读的兴趣和探究的热情。如《第 21 大厦》中的小保安因为各种机缘巧合目睹了“21 大厦”中各色人等的“秘密人生”;《预警》则主要通过巧妙机智的伏笔设置悬念,组织故事,推动情节发展。“把坚硬的思考通过跌宕的故事从容地展开”,在他的作品里,透着一种“针对故事整体力量”的“虔信与坚定”,“这是他写作的基点,一个无法更动的确然”。毫无疑问,绚丽多姿、蜿蜒曲折的故事是周大新小说艺术魅力的构成性因素。有学者认为,这种“坚硬的‘单纯’”尽管不乏智慧,但在赋予周大新持久写作动力的同时,也在一定程度上妨碍了他作品的深刻性和复杂性。

但这种对故事的热爱在他最近的作品中得到克制。2012 年出版的《安魂》,通篇是父子二人情意绵长的对话,父子间情感的交流、沟通是故事的主线,也是整部作品沁人心脾的力量之所在。在其新作《曲终人在》中,则将这种非情节化的情节结构方式进行得更彻底,整部作品没有贯穿始终的主线,完全摒弃了“破题、开端、发展、高潮、结局”的传统小说情节结构模式,也没有“弗赖塔格金字塔”所强调的“上升、高潮、回落”三个情节结构段。小说的主体部分是 27 份采访录音整理稿,采访内容涉及主人公欧阳万彤的家庭、婚姻、工作、交友、休闲等诸多方面,虽然有些被采访者的讲述有很强的故事性,但整部小说呈现的只是一部人物传记“素材”。这种故事结构方式不仅是周大新对自己已有作品的突破,更超越了一般官场小说的叙事成规。如前所述,当代官场小说“以权力运作为中心”,着重展现“官场生态”和“官运沉浮”,围绕“钱、权、色、位”营造高潮迭起、活色生香的故事情节。而周大新浓墨重彩书写的却是“人心”, 通过各色人等的“眼睛”聚焦欧阳万彤工作、生活的各个方面,以及人生历程的不同阶段,着重表现他面对现实压力时的困惑和突围,反映出一个有所作为的高级官员在守住为官底线、坚持做人原则时所面临的各种压力,折射出人的艰难抉择,深入挖掘人性的深层逻辑,塑造出一个有血有肉的官员形象。作品采用第一人称限知视角,讲述人仅仅讲述自己所看、所知、所感的事情,避免了为追求故事情节的连贯性、完整性、典型性而造成的生硬和刻意,也回避了第三人全知视角讲述高层官员生活的虚假性。

27 份采访录音整理稿涉及采访对象 26 人,不同讲述人因其身份、地位、教育背景、人生经历、性格心理等差异,其叙述内容也多姿多彩,摇曳生辉,不仅充分彰显了小说语言的个性化、口语化特征,读来真实自然,亲切生动,在更深层次上,揭示了不同讲述人的人生观、世界观、价值观及其文化心理、道德品行和精神境界。因为“第一人称叙事所表现的一切都与叙述者有一种生命本体上的联系,因此这种叙述便必然有一种性格化的意义,它是超乎叙事本身所提供的内容之外的"①。反情节化的情节结构在清河大学教授任一鸣、原民国黄河委员会委员沈儒域、园山寺主持智贤法师等人的采访中几乎被推向极致。任一鸣、沈儒域与欧阳万彤关于当下中国热点问题的讨论仿佛长篇累牍的时政评论,乏味冗长;园山寺主持智贤法师关于人生、生命等形而上问题的讨论则玄远幽微,生涩晦暗。这些无疑都是小说情节设置的大忌,其语言表达方式更是在挑战读者的耐心和毅力,我相信周大新对此心知肚明,为何要冒险进行这种文体实验。在一次采访中,他直言:"我都六十多了,现在不写就没有时间了。"他有太多关于社会、人生的深切思考要表达,甚至不惜挑战小说艺术之大忌,借小说人物之口,以高度学理性、玄妙性的语言,阐述自己的文化理想、治国理念和人生态度,其艺术成败暂且不论,他以文学创作关注现实、干预现实的努力和激情无论如何都令人肃然起敬。

总之,《曲终人在》非情节化的情节结构方式打破了真实与虚构的界限,给读者带来陌生化的阅读感受和全新的审美体验。

---

①罗钢:《叙事学导论》,云南文学出版社,1994,第 172 页。

二、多元视角与多重聚焦

叙事视角就是“叙述者讲述故事的角度,或者说叙述者得以完成叙事的方式”①,亦可称之为叙事聚焦,根据普林斯在《叙述学词典》中的定义,“聚焦”是指“描绘叙事情景和事件的特定角度,反映这些情景和事件的感性立场”。表层意义上,叙事视角/聚焦关注的是“通过谁的眼睛”“看”,深层意义上,视角体现的是“透过一个人的利益、立场和世界观”“看”,也即是说,“视角”内在地关联着叙述者的意识形态、价值体系、文化心理,以及利益、兴趣、立场等微妙的心理情感,因此,叙事视角成为作家文学表达的重要艺术手段。

第三人称全知叙事视角是传统小说的常规视角,周大新的很多作品如《第二十幕》《湖光山色》《预警》《向上的台阶》等采用的都是第三人称全知叙事视角。在这种叙事视角中,叙述者拥有“上帝之眼”,全知全能,人物的一切活动(内在的、外在的)都在叙述者的掌控之中。与第三人称全知叙事视角的无所不知、无所不能相比,固定视角/内聚焦的表达空间则受到诸多限制,叙事视角定位于某一人物,一切都严格依据

---

①詹姆斯·S.布朗、斯科特·D.雅各布:《实用文学研究导论》,罗长青译,中国社会科学文献出版社,2011,第83页。

这一人物的知识、情感和知觉来表现。周大新在《21大厦》《战争传说》等作品中主要采用了第一人称固定视角。《21大厦》的叙事视角定位于保安小谭,始终用保安小谭的视角来观照“21大厦”这个光怪陆离的现代社会。小谭来自农村,是城市中的农民工,他的视角一定意义上就是“乡土视角”,正是在“乡土视角”的审视下,21世纪的都市社会生活不过是“一袭华美的袍,上面爬满了虱子”。《战争传说》通过被动卷入战争的瓦剌女间谍的视角/女性视角来观照明代历史上著名的“北京保卫战”,揭示出战争的根源在于男性的征服欲和权力欲,以及由此给普通人尤其是妇女、儿童带来的沉重灾难,体现出作者对战争的独特思考。在其新作《曲终人在》中,周大新对叙事视角的运用更加娴熟自如,作品也因此更具艺术张力。

《曲终人在》扉页的“致网友”别出心裁,既是整部作品的引子,也预告了作品的结构方式和叙事方式。有了“致网友”的引入,后面的“素材目录”就顺理成章。“素材目录”由四部分构成:一、欧阳万彤省长去世讣告;二、采访录音整理稿,特别注明按采访先后排序;三、欧阳万彤私人保险柜所藏之物品;四、《清河晚报》关于欧阳万彤遗体告别仪式的报道。四部分均采用了“展示”而非“讲述”的叙事方式,仅仅“展示”事件的原本状态,不做任何价值判断和情感表达。由此观之,作品整体上采用的是外在视角/外聚焦,在这种叙事视角中,叙事者保持中立、客观的立场,仅仅展示事件本身及人物的语言、行为、外貌和环境,摒除叙事者的“个人印记”和“主观色彩”,亦被称作“零度叙事”。这种叙事手法给文本留下了大量的“空白”和“未定点”,形成“召唤结构”,吸引读者“把作品与自身的经验以及自己对世界的想象联系起来,产生意义反思”①。外聚焦的叙事视角和“展示”而非“讲述”的表达方式被认为是现代小说的重要标志,以海明威的《白象似的群山》为代表。在《曲终人在》中,贯穿四部分的“零度叙事”为读者提供了广阔的阐释空间,吸引读者激活自身经验对文本进行审美再创造并做出个人化判断。如欧阳万彤私人保险柜所藏之物品意指什么?有何艺术功能?又如:如何看待“《清河晚报》关于欧阳万彤遗体告别仪式的报道”?欧阳万彤究竟是万民拥戴的清官还是令人痛恨的酷吏?对此,作品均未做出回答而是戛然而止。

与整体部分的外在视角、“零度叙事”不同,小说的主体部分即“采访录音整理稿”则采用了第一人称固定视角/内聚焦。这里又有三种不同情况:一种是“一点式”内聚焦,始终采取一个人物的视角,如通过姑妈的视角展示欧阳万彤从童

①沃尔夫冈·伊瑟尔:《本文的召唤结构》,见金元浦主编《接受反应文论》,山东教育出版社,1998,第44页。

年到青年时期对唢呐的热爱,跟农家姑娘赵灵灵青梅竹马的爱情及其最终夭折的往事;通过保姆华小羽的视角表现欧阳万彤因受妻子牵连被免职后闲居在家的情景;通过继女常笑笑展示家庭生活中的欧阳万彤,既是慈祥的父亲也是生活的导师;通过司机汪吉庆讲述欧阳万彤曾经遭遇的一次有惊无险却蓄谋已久的车祸;通过内科主任包建山讲述有人曾拿100万元收买他,让他散布"欧阳万彤得了轻微老年痴呆症"谣言;等等。这些叙述者因与主人公的特殊关系而拥有别人不具备的叙事权力,其叙述的内容也因此获得权威性和可靠性。

第二种是"多点式"内聚焦,通过几个人物的视角来表现聚焦对象的不同时段或多个方面。如关于欧阳万彤的爱情、婚姻生活,就由姑妈欧阳兆绣、朋友岁灿兰、第二任妻子常小韫等三个人分别讲述,因为她们只是欧阳万彤婚姻生活不同时段的旁观者或参与者。再如,关于不法商人简谦延如何贿赂、腐蚀国家干部,疯狂进行钱、权、色交易,牟取暴利的行为,则通过农民夏兆丰、服装模特丰润韵、演员殷菁菁、清河省原纪委副书记汪茫浒等人的讲述来揭示他的庐山真面目。第三种是"多重式"内聚焦,即采用不同人物的视角聚焦同一件事。"对第一人称叙事来说,叙事动机是切身的,是根植于他的现实经验和情感需要的。”①如教授任一鸣、秘书郑方繁、原清河省常务副省长段德源等人都从各自的角度和立场猜测欧阳万彤辞职的原因；又如妻子常小韫向传记作家“周大新”讲述自己成为省长夫人之后如何洁身自好、保持朴素本色，从不以权谋私；但秘书郑方繁的讲述却恰恰相反，成为省长夫人的常小韫很快被权力冲昏头脑，不仅爱出风头，与商人打得火热，而且背着欧阳万彤大搞权钱交易。

从整部作品的外在视角、“零度叙事”到主体部分的第一人称固定视角，从不带任何感情色彩的外聚焦到带着叙述者浓重“个人印记”的“一点式”“ 多点式”“多重式”内聚焦，形成了作品的多元视角和多重聚焦，不同叙事视角既矛盾、对立，又交叉、统一，读者需要借助自己的“前理解”对之进行增补、删减、修正、缝合、衔接，使之形成内在的逻辑关联和深层的意义建构，其独特的戏剧性张力在此过程亦得以生成。

三、叙事声音与叙事语气

在一次关于《曲终人在》的采访中，周大新说“这是一部激愤之书，忧虑之书”。不错，“激愤”“忧虑”是弥漫在作品字

①罗钢：《叙事学导论》，云南文学出版社，1994，第170页。

里行间的一种情绪、一种气韵，叙事学谓之“叙事语气”。这种“叙事语气”的形成与“叙事声音”密切相关，“叙事声音”指的是叙述者在叙事过程中介入的程度，通常有“缺失的声音、隐蔽的声音、公开的声音”三种。在鲁迅的小说《伤逝》中，我们得到的所有关于女主人公子君的信息几乎都来自男主人公涓生，除了那一句慷慨激昂的“我是我自己的，他们谁也没有干涉我的权利”是引述子君的话之外，从始至终子君的声音都是缺失的，在这场爱情悲剧中，子君成了任人评说的“失语者”。这种叙事方式意味深长：尽管经历了“五四”新文化的洗礼，女性的地位依然是低下的，身份依然是卑微的，她们甚至连为自己申诉的机会都没有——女性解放的道路何其漫长！

《曲终人在》涉及26位采访对象，加上传记作家“周大新”，共有27位叙述人，每个人都在讲述与欧阳万彤有关的事情，每个叙述者都在有意无意地通过自己的声音表明自己的立场、态度、价值观，这必然是一个“众声喧哗”的文本。尽管叙事发生时，主人公欧阳万彤已经去世了，但与同样离开了人世的子君不同的是，周大新让欧阳万彤始终牢牢掌控着话语权，不断发出自己的声音，这使得欧阳万彤的声音从“喧哗的众声”中超拔出来，成为一曲高亢激昂又悲壮忧愤的主旋律——只不过这种话语权是借助叙述人得以实施，他的声音也是通过叙述人的转述得以呈现。通过叙述人之口,读者听到了他惩治不法商人和贪官污吏时果决坚定的声音,听到了他看到面对威胁恫吓时冷静从容的声音,也听到他应对上级压力时无奈隐忍的声音,以及他回顾自己年轻时因轻率而导致一对夫妇自杀的沉痛、悔恨的声音,更听到他分析中国官场、权力时清醒、忧虑的声音,以及他思虑国家战略问题时睿智、深刻的声音。通过这些声音,读者触摸到了一个高层官员复杂的心灵世界:高度的责任感、强烈的忧患意识、勇于担当的精神、为人民谋福祉的情怀,以及深刻的自省、沉重的压力和深切的无奈。

保险柜里的物品清单,则"无声胜有声",传达了更为复杂幽微的意蕴。首先是那幅画,那幅经常在欧阳万彤梦中出现的画面:一只穿越树林、云团,飞过天空的大雁,既孤独落寞又义无反顾。然而,雁过留声,那飞翔的姿态就是生命曾经怒放的明证。其次是那张泛黄变脆的笛子独奏曲谱《百鸟朝凤》,它承载着欧阳万彤青春的激情、梦想和爱情,但这一切都因步入仕途而不得不舍弃,卢梭说:"人生而自由,却无往不在枷锁之中。"即使官居高位,也有无法实现的梦想和难以言说的悲伤。最后是一封来历不明的信,这封兼具恐吓、威胁、炫耀、挑衅的信件显然出自欧阳万彤曾经严惩的那些不法之徒之手,他们口出狂言:"在今天这个时代,权力是可以倒腾来的,你可以用政府给你的权力来制约我们,我们也可以用倒腾来的权力来制约你!”他们肆无忌惮:“历史不是人写的?只要是人写的,金钱就可以左右史书的内容!”他们无法无天:“这个省……很有可能是我们的,当然,名义上还是属于全省人的!”①在生命垂危之际,欧阳万彤将此信公之于众,是想告知世人:一些贪官污吏何等猖獗!放任下去后果不堪设想!反腐倡廉、从严治党的任务何其艰巨、何其迫切!

在所有被采访者/叙述人中,有两个人特别引人注目,一个是欧阳万彤的同乡魏昌山,作为一个与欧阳万彤对照性的人物形象,他们由亲密的朋友一步步疏远到最终决裂的过程,也就是魏昌山不断被权力、金钱腐蚀、个人欲望无限膨胀的过程,就是这样一个精神腐烂、灵魂变质的人也在心底佩服欧阳万彤,认为他是一个“心中常怀忧虑的人”,跟他绝交是“犯傻”,是“抛弃了一个提醒者”、一个“真朋友”。这样的声音对于建构欧阳万彤的正面形象无疑更有说服力。

而欧阳万彤的同事、省委副书记秦康成则认为欧阳万彤“偏执、人格不健全”,认为他惩治不法商人、反腐倡廉弄得“官不聊生”、“人人自危”,是“典型的哗众取宠”,对他女婿更是“栽赃陷害”。然而,不管秦康成如何理直气壮、言之凿凿,

①周大新:《曲终人在》,人民文学出版社,2015,第285-286页。

他都是一个“不可靠叙述者”,他发出的声音是“虚假的声音”。判断一个叙述者是否“可靠”,他的声音是否真实,可以从两方面进行考察:一是从叙述者的视点所展现出来的思想观念、价值判断、意识形态立场等是否与“隐含作者”的思想规范相一致。布斯称“隐含作者”为“作者的第二个自我”,作者的一个“隐含的替身”,“不管一位作者怎样试图一贯真诚,他的不同作品都将含有不同的替身,即不同思想规范组成的理想”①。米克·巴尔认为:“隐含作者是本文意义的研究结果,而不是那一意义的来源。只有在本文描述的基础上,对本文进行解释以后,隐含作者才可能被推断并加以讨论。”②可见,“隐含作者”在作品中所体现的是一整套思想规范,它是作品思想意义的来源。“如果一个同故事叙述者是‘不可靠的’,那么他关于事件、人、思想、事物或叙事世界里其他事情的讲述就会偏离隐含作者可能提供的讲述。”③二是以个体读者作为衡量标准,读者围绕叙述文本中各种相互冲突的细节和令人疑惑之处,结合自身的阅读经验和伦理体系所做的价值评判。正是在作者、文本、读者的相互循环互动中,我们发

①布斯:《小说修辞学》,华明等译,北京大学出版社,1987,第81页。

②米克·巴尔:《叙述学:叙事理论导论》(第二版),谭君强译,中国社会科学出版社,2003,第18-19页。

③戴卫·赫尔曼主编:《新叙事学》,马海良译,北京大学出版社,2002,第41页。

现了秦康成在“事实/事件轴”上的不可靠报道，在“伦理/评价”轴上的不可靠评价，以及在“知识/感知轴上”的不可靠读解。他“虚假”的声音从反面衬托了欧阳万彤“声音”的真实性和权威性。

妻子常小韫同样是一个特别值得关注的叙述者，在第一次采访中，她的讲述看起来真诚坦率，其实隐瞒了许多自己为金钱、权力所迷惑，以权谋私的信息，这种“事实/事件轴”上的不可靠报道使之成为“不可靠叙述者”。在第二次采访中，面对大量事实，她再也无法隐瞒，只得将一切和盘托出，由“不可靠叙述者”变为“可靠叙述者”。作品通过这种复杂的叙述声音既表现了人性的幽暗、微妙，更以常小韫这个曾经深受权力危害、对权力不屑一顾的淳朴女子，在拥有权力之后居然难逃权、钱诱惑的事实，思考“腐败”的生成机制极其超强的腐蚀力。

总之，26个采访对象/叙述人中，有打工者、农民、保姆、司机、医生、秘书等普通人，也有高官、教授、高僧、工程师、企业老总、服装模特、演员各色人等，还有欧阳万彤的姑妈、妻子、儿女、外甥、女婿等亲朋好友，每个人都在讲述欧阳万彤的故事，都在描述自己“眼里”“心中”的欧阳万彤。这些故事各自独立，更有千丝万缕的内在关联，或前后矛盾、相互龃龉，或互为印证、相互补充。在众声喧哗、莫衷一是的讲述中，主人公欧阳万彤的形象如浸在显影液中的底片，一点点清晰明朗起来，清晰明朗的不仅是他的外在形象，更是他的精神世界、理想追求和职业操守，使一种业已被面具化、脸谱化的复杂人物形象得以还原。

结语：

米兰·昆德拉认为，“小说家有三种基本可能性：讲述一个故事，描写一个故事，思考一个故事”①。在我看来，《曲终人在》就是在“思考一个故事”，它思考的是当今中国的官场生态、反腐斗争的严峻形势，以及“官本位”的文化根源与生成机制，这些思考通过反情节化的情节结构、多元视角与多重聚焦、叙述声音与叙事语气等新颖别致的形式技巧得以实现，这种“有意味的形式”赋予了作品充实的思想意蕴和充沛的艺术魅力。特别是作品整体上的“零度叙事”和多重内聚焦的有机结合，叙述者意图立场的隐晦就如一片毛玻璃隔开了“隐含作者”与个体读者的距离，这种雾里看花的有意设置扩充了读者阐释的维度，也使得文本意义在相互冲突的叙述主体的对撞中得以丰富和深化。还是米兰·昆德拉说得好：“在

①米兰·昆德拉：《小说的艺术》，董强译，上海译文出版社，2004，第155页。

艺术中,形式从来都不仅仅是形式。每一部小说,不管怎样,都对一个问题做出回答:人的存在是什么,它的诗性在哪里?”

俞平伯的“干校之诗”与“诗中干校”

1971年三四月间，著名学者、红学专家俞平伯和夫人许宝驯随先遣队一起下放至信阳“五七”干校。信阳位于河南省最南部，是著名的革命老区，虽然山清水秀，民风淳朴，但信阳农村物质之匮乏、生活贫瘠。干校实行半军事化管理，以“连”为建制，开展农业生产，劳动任务十分繁重。下放人员要承担开荒种地、打井盖房、养牛喂猪、筑坝抗洪、割草脱坯、拾粪割稻、打场浇地等各种农活。无论领导干部、普通职工还是年老体弱者概不例外。劳动之余还要开会、听报告、写思想汇报材料等，不一而足，其艰难困苦、愤懑忧伤、紧张疲累自不必说。出人意料的是，困顿辛劳中的俞老先生却诗兴不减，在一年多的时间里写下了30多首古体诗。作为特殊历史时期的“见证文学”，这些诗歌或描述干校生活情状，或叙写豫南风物人情，或与亲人故友抒情唱和，既是特定时空诗人心灵世界的诗意呈现,充分彰显了他“自爱、平和、前进、闲适”的生命哲学,也是“文革”时期豫南农村社会生活和民俗风情的审美观照,于患难中更见人性的真醇与美好,具有独特的文化意蕴和历史价值。

一、生命哲学的彰显

1932年,在《代拟吾庐约言草稿(代序)》中,俞平伯这样写道:

> 我们认为一个人对于自己的生命与生活,应该可以有一种态度,一种不必客气的态度。
>
> 谁都想好好的活着的,这是人情。怎么样才算活得好好的呢?那就各人各说了。我们几个人之间有了下列相当的了解,于是说到“吾庐”。
>
> 一是自爱,我们站在爱人的立场上,有爱自己的理由。二是平和,至少要在我们之间,这不是一个梦。三是前进,惟前进才有生命,要扩展生命,惟有更前进。四是闲适,“勤靡余暇心有常闲”之谓。如此,我们将不为一切所吞没。
>
> 假如把捉了这四端,且能时时反省自己,那么,我们确信尘世的盛衰离合俱将不足间阻这无间的精诚;“吾

庐"虽不必真有这么一个庐,已切实地存在着过了。

这是一种思想的意志的结合,进德修业之谓;更是一种感情的兴趣的结合,藏修息游之谓。生命至脆也,吾身至小也,人世至艰也,宇宙至大也,区区的挣扎,明知是沧海的微沤,然而何必不自爱,又岂可不自爱呢。

这段"夫子自道"可谓俞平伯的生命哲学。人生一世,怎样才算"活得好好的?"即活得有价值有意义?在他看来,"自爱"、"平和"、"前进"、"闲适"四者缺一不可,而拥有此四端,则无论世事如何变幻无常,无论人生有多少艰难困顿,"尘世的盛衰离合俱将不足间阻这无间的精诚"。以这四种态度对待人生,那么,你便拥有"吾庐"——一个安放身心的心灵空间。这个空间不是华屋大厦,不是锦衣玉食,而是"思想的意志的结合,进德修业之谓;更是一种感情的兴趣的结合,藏修息游之谓"。因为他深知宇宙洪荒中生命的脆弱和渺小,"区区的挣扎"不过是"沧海的微沤",所以个人更需要努力追求"自爱"、"平和"、"前进"、"闲适"的生命状态,时时以此四端反躬自省,才能"不为一切所吞没",始终拥有澄明祥和的心灵空间和充实广袤的精神生活。

当然,20世纪30年代的俞平伯是意气风发的学界名流,出身名门、师从名师,在"五四"新文化运动中以创作现代诗歌、散文成为新文学的领军人物之一,同时他也研究古典文学，上自《诗经》《楚辞》，下至清人的诗词都广为涉猎，并在清华大学、北京大学讲授清词、戏曲、小说等科目，成就卓著。且他嗜好昆曲，在清华园发起成立“谷音社”，其目的就是“涵咏风情，陶写性情”，“发豪情于宫徵、飞逸兴于管弦”，自觉承担起拯救昆曲的责任。当此之时，他的人生可谓生活充实，生命丰盈，正符合他所追求的“自爱”、“平和”、“前进”、“闲适”四端，“尘世的盛衰离合”与他还没有切肤之痛。厄运始于1954年的那场来势凶猛的大批判运动，据统计，仅1954年10月24日到年底一个多月的时间里，共组织各种座谈会、批判会一百一十多次，发表批判文章五百多篇。这场暴风骤雨般的批判，是他人生的梦魇，巨石一般压在他的胸口。如果说20世纪50年代的大批判一下子将俞平伯的人生由惬意丰盈直降到惶恐不堪，那么，下放到贫瘠的豫南农村“劳动改造”则是雪上加霜。面对种种艰难困顿、疲累辛劳，他还能坚守自己的生命哲学吗？还能拥有“进德修业”、“藏修息游”的“吾庐”吗？品读俞平伯的“干校诗歌”，我们欣喜地看到，无论是“文革”的噩梦，还是干校的“劳动改造”，都没能使他放弃孜孜以求的“吾庐”，自始至终，他都以“自爱”“平和”“前进”“闲适”四端作为自己的人生坐标，于苦难困厄中彰显了知识分子的人格尊严和精神力量。且看这几首描述干校生活情状的诗。第一首名为《至日》，诗前小序云：

“一九六九岁在己酉，寄居包信小学西向一茅屋中。十二月廿五日晨九时，独往东岳集听报告，旷野茫茫，并不识路，闻人云一直往西可耳。天气阴冷，历数村落，近午方达，会罢即归，遇雨泥淖难行，幸假得一伞，中途又得人扶掖，勉及寓所已六时矣。曾纪以诗，顷为改写，瞬逾四载。一九七三年同月日。”

至日易曛黑，灯青望眼赊。
泥途云半舍，苞信一何遐。
已湿棉衣重，空将油伞遮。
风斜兼雨细，得伴始还家。

俞先生注释说“至日”即冬至日，那一天，他已从罗山莽张乡丁洼转移到息县包信。冬至是一年中白昼最短的一天，偏偏这天天气阴冷，午后下雨。年近七旬的老先生独自一人去距离包信十七八里地的息县东岳集听报告——开会、听报告是干校的“必修课”。从早晨九时到下午六时，整整八个小时，几乎都在泥泞冷雨中艰难跋涉。俞先生是仕宦之家，养尊处优，似这般饥寒交迫、困顿疲累、孤独无助应该从没经历过，于他自是刻骨铭心的体验和记忆，不仅当时以诗记之，四年之后的同一天，再次改写。但他重温辛酸时光却“怨而不怒”，没有悲伤愤懑，而“幸假得一伞”、“得伴始还家”则表达了对别人帮助、扶携的庆幸和感激。

他在给儿子俞润民的信中说:“我住北京50余年未迁移,而此一月之中三迁其居,北京—信阳—罗山—息县。住信阳12日,住罗山丁洼14日,到包信4日矣。去住之缘,诚不可知。”而每到一处,所有东西都要打开,没等住定,又要收拾东西转移。这样折腾,老先生的睡眠却前所未有地好,且说“旁人或不喜欢这样的生活,我却很喜欢的”,“非常清静,甚闲,一切听其自然”,不悲伤、不怨怼,无论世事环境如何变幻莫测,始终淡定从容,安之若素。在息县东岳“五七”干校期间,借住一间农民的茅草房,据他外孙韦柰描述:“那间茅草房,简直就称不上是一间房:土墙茅草顶,四壁透风寒,一扇柴门半掩,无窗室内昏黑……长仅2米,宽不足15米”。对此,俞先生在《陋室》(二首)诗中有生动呈现:

炉灰飘堕又飞扬,清早黄昏要扫床。
猪矢气熏柴火味,者般陋室叫“延芳”。

螺蛳壳里且盘桓,墙罅西风透骨寒。
出水双鱼相煦活,者般陋室叫“犹欢”。

一间螺蛳壳般狭小、破败的茅屋,炉灰飞扬、寒风侵袭,时不时还有农民的猪溜进来拉屎拉尿,俞先生却将此“陋室”名为“延芳”、“犹欢”,两位七旬老人如出水之鱼,相濡以沫,欣然度日,荒村茅屋自徜徉,智者的幽默、旷达确非常人能及。

四月的一天夜里，八级大风将屋顶的茅草吹掉一大片，他在给儿子润民的信中谈及此事说："昔读杜甫《茅屋为秋风所破歌》云：'吹我屋上三重茅'，今日方有真切之感，而老杜之襟怀真挚旷达，古贤真不可及。"面对寒风灌屋、尘土满床、无法存身的窘境，老先生既不自叹自怜，亦不怨天尤人，而以古圣先贤真挚旷达的情怀和精神自勉，并希望儿子能够找来杜诗细读，以古圣先贤为榜样，继承和发扬这种精神品质。

因年老体弱，干不了重活，干校分配给俞先生的主要劳动任务是搓麻绳，他在给儿子的家书中多次提到此事，如在1970年9月4日的信中说：

麻已编完，自四日停工，待"料"来再做。自五月下旬迄今，共做了115绞，其中有你母编的十三，我所编的一百之数。你母另制麻辫二根。

9月26日信中又说：

自九月廿四日以无麻停工，约有两个月未做，至廿二日下午忽又送一些麻来，于是廿三日又继续工作。何以中隔多日，亦不知其故。有麻即做，无麻停工，亦只可如此。

总体看来，搓麻绳是很轻省的活儿，俞先生对这项工作的态度既严肃认真又淡定随缘。用时多少，完工几何，何人所做，均有详细记录，即使搓麻绳也有学者的严谨；而"有麻即做，无麻停工"，不焦、不躁、不争，随遇而安，淡定泰然，名士风范可见一斑。《绩麻》诗中写道：

脱离劳动逾三世，来到农村学绩麻。

鹅鸭池塘看新绿，依稀风景似归家。

从曾祖俞樾到父亲俞陛云再到俞平伯，俞家已历五世书香，“文革”时期打成“资产阶级学术权威”，所以“来到农村学绩麻”，一个“学”字点出“绩麻”这简单的农活对俞老先生而言实属不易。最难得的是后两句：“鹅鸭池塘看新绿，依稀风景似归家。”“绩麻”并不妨碍他发现美、欣赏美，住处门前一口浅浅的水塘亦有无限生机和活力，春天来了，草木泛新绿，鹅鸭闲戏水，此番风景似曾相识，如归故里，诗人的心因此而安然、怡然。

二、对豫南农村社会生活和民俗风情的审美观照

信阳地处黄河之南长江以北，素有“北国江南、江南北国”之称，此地光照充足，雨量丰沛，气候温暖湿润，山水相依，风景秀丽。20 世纪 60 年代的豫南农村尽管生活贫瘠，物质匮乏，但俞平伯却以敏锐的观察力、丰富的想象力和充沛的审美力，见人所未见，言人所未言，在平凡中发现美丽，于苍凉中洞见繁华，于琐屑中体味村民的淳厚真诚。这些带给他温暖愉悦的豫南风物人情让他那颗饱受人生苍凉的心流连缱绻。

在《楝花》(二首)中，俞先生反复吟咏池塘边的那棵楝树，礼赞楝花之美：

天气清和四月中，门前吹到楝花风。
南来初识亭亭树，淡紫英繁小叶浓。

此树婆婆近浅塘，花开飘落似丁香。
绿阴庭院休回首，应许他乡胜故乡。

楝树在豫南的水塘边、田埂旁、山坡上随处可见，楝树花也并不特别招人眼，但在俞先生眼里、笔下却如此清新美丽。此诗写得清朗俊逸，读之，楝树亭亭的身姿如在目前，楝花淡雅的香味仿佛随着四月的和风袅袅袭来，沁人心脾。“南来初识亭亭树”，“初识”二字显示出他“发现”楝树、楝花时的喜悦心情。触景生情，抚今思昔，眼前的乡村美景再次唤起他对北京故居老君堂的凄然怀想，以“丁香”比拟飘落的楝花，深藏着老先生对故居和往昔岁月的深情眷恋。

不仅门前的池塘、楝花让他流连欣悦，贫穷、单调的乡村生活在他的笔下也诗意盎然，且看这三首《记东岳事》：

樱子黄先赤，红桃更绿桃。
塘春多扁嘴，延颈白鹅高。

东岳庙恢扩，闻当街北头。

他年遭劫火，空有“集”名留。

明日当逢集，回塘撒网赊。

北头卖蔬果，南首有鱼虾。

第一首重在写景状物，区区20字，勾勒出一幅生机勃勃的豫南春景图，红樱绿桃挂满枝头，白鹅麻鸭水中悠游，色彩缤纷，有动有静，有声有色。第二首《记东岳集》的由来，考察其历史渊源和流变。第三首写东岳集市“盛况”，“北头卖蔬果，南首有鱼虾”，写出了豫南乡镇逢集这天的热闹及物品之丰富。再看记《端午节》的两首五言绝句：

晨兴才启户，艾叶拂人头，

知是天中近，邻居为我留。

清润端阳节，茅檐插艾新。

分尝初刈麦，惭荷对农民。

豫南习俗，端午节这天要在门前檐下插艾驱虫避邪，吃当年新面制成的油条、麻花、糖糕等，这两首诗记的就是此情此景。诗中说端午时节，空气清新润朗，清早打开门户，发现邻居已帮自己插了艾枝，并且分享了农民新割的麦子，此番情意，俞老先生觉得受之有愧。还有一首《戏作打油诗》，写的是豫南饮茶喝水的生活小事，十分幽默风趣：

者里把“汤”呼作“茶”，及沏苦茗不须他。

冬汤夏水从来是，孔孟当年不饮茶。

这些诗歌对豫南民风民俗体察细腻，诗思灵动活泼，语言明白晓畅，极富生活情趣，给庸常乏味的生活平添了雅趣和诗意。

杨绛在《干校六记·学圃记闲》中也写到了豫南农村生活，与俞平伯的笔下诗意、雅趣不同，杨绛笔下的豫南农村是贫瘠苦寒的。干校周边的农民，无论是大姑娘、小孩子，还是小媳妇、老太太甚至小伙子，总是想方设法偷杨绛他们的劳动果实，种的菜、积的肥、植的树，见什么偷什么，有什么偷什么，包括搭建厕所的木柱都被农民拔走了——因为他们太穷了，吃的、穿的、用的，什么都缺，而自己生产队的东西是不敢偷的，被抓了就会游街挨批，因而只好偷干校的——在当地农民看来，这些来自北京的干部们领着工资、戴着手表，够富裕了。被干校学院丢弃的老菜帮子居然是农民的美味佳肴。俞平伯、杨绛当时同在信阳“五七”干校“劳动改造”，俞平伯的任务是搓麻绳，杨绛主要负责看守菜园，二人因为工作原因，观察、接触、体验到的豫南农村社会生活的角度、层面亦不同，但“亲历性”和“真实性”是其共有特征，将俞平伯的“干校诗歌”与杨绛的《干校六记》进行对照阅读，可以更全面、真实地了解“文革”时期豫南农村的社会生活图景。

三、苦难岁月中的美好人性

同甘易、共苦难,“文革”时期多少夫妻反目、父子成仇,多少人为自保出卖朋友,诬陷他人,人性的脆弱、卑琐与邪恶在意识形态的专制与高压下尽被激发,上演了一曲曲肮脏邪恶、令人不齿的人间悲剧。但同时,患难见真情,人性的真诚、善良与美好也因为种种压抑、迫害、控制、惩戒而变得更加珍贵,这一点在俞平伯的“干校诗歌”中表达的尤为充沛、真挚、感人,他不惜笔墨、反复吟咏与当地农民、亲友故交之间的温暖情怀,对妻子许宝驯更充满了言说不尽的缱绻深情。

干校期间,俞先生与当地农民建立了深厚友谊,在淳朴善良的当地人眼里,他既不是“反动学术权威”,更不是“牛鬼蛇神”,就是一个好脾气的“老头儿”,一个和蔼可亲的老爷爷,他们关心他,照顾他,在那个物质困乏、“时刻不忘阶级斗争”的年代里,他们之间的友谊更加真挚、更加难能可贵。这是他写给房东的两首七言绝句:

农民问字

昔年漫学屠龙技,讹谬流传逝水同。

惭愧邻娃来问字,可留些子益贫农?

将离东岳集与农民话别

落户安家事可怀，自憎暮景况非材。
农民送别殷勤意，惜我他年不管来。

“文革”中知识分子都是“臭老九”，俞先生的那些经年积累的学问被污为“毒草”而被批判，故此，他感叹自己学问上的所谓“讹谬”将如流水一般消逝，但“文革”也无法扼杀人民求知的渴望，知识对农民终究还是有益的。第二首叙写自己即将离开东岳干校与农民依依话别的深情，“不管来”是豫南方言，即“不能来”。干校生活给他留下了难以忘却的记忆，先生对自己因年老体弱以后不能重游故地而深感惋惜，可见他与当地农民之间的真挚感情。

俞平伯在信阳干校期间，家人离散各处，牵念之情不言而喻。儿子俞润民下放天津干校劳动，南北相隔，父子之间十分牵挂，经常有书信来往。1970 年 12 月，润民到信阳看看望父母，相见之下，悲喜交集，感慨良多，俞平伯写了三首诗以记之：

润儿来省感赋（二首）

少小挑芯读夜书，闻来外姊辍咿唔。
相看白发垂垂老，如豆青灯不似初。

制火初明暖渐赊，儿孙对坐治鱼虾。

携将北国皆珍味，只惜而翁饭量差。

喜润儿、栋孙女来省

去岁冬来夏更秋，天涯重聚慰离忧。

真教片语成先志，一笑能开万点愁。

第一首感叹时局艰难，时光飞逝，父子二人都已从挑灯夜读的少年郎变成了白发苍颜的老人，干校昏暗的茅屋中青灯如豆，与当年家宅中的光明敞亮有云泥之别。第二首写家人团聚的温馨，炉火渐暖，“儿孙对坐治鱼虾”，世道再乱、条件再差，家人团聚的天伦之乐却越发浓郁。第三首诗后面注释说：

一九〇七年曲园公弃养，灵前置有《临终诗》稿印本，其七律末句云：“更喜峥嵘头角在，倘延祖德到云昆。”余时方八岁，微有知觉，窃自喜，殊不知一身负荷之艰难重大也。今年七十有二，润之母七十有六，故家都已改换，似不克酬先人之语矣。顷润儿远道省亲，观孙辈英英秀发，会衍云仍，亦可谓好春常在也。今昔之异乃时代之不同耳，曾祖遗言当以意会，非可拘局于迹象，则原诗中——“倘”字行将易为决定之词，庶几无愧于九原，所谓“一笑能开万点愁”也。一九七〇年十二月十二日写于河南息县东岳集之茅舍中。

从注释来看,这首诗的主旨是劝勉儿孙一方面要不负先人期望,超越平凡,追求卓越,绵延祖德;另一方面开导后辈正确看待家族变故,把握曾祖遗言的本质——“今昔之异乃时代之不同耳,曾祖遗言当以意会,非可拘局于迹象”,鼓励他们勇敢面对厄运困局,要开朗乐观,笑口常开,保持信心——“一笑能开万点愁”。此诗语重心长,充盈着智者的达观、长者的慈爱和殷切的期望。

1970 年夏天,俞平伯的外孙韦柰来干校看望外祖父母,当他们握手拥抱之后,俞平伯的第一句话却是:“这里逢双日有集市,明天一早我们去看看,可买些鱼虾,还有油条可吃。”一句话,让韦柰忐忑不安地吃了定心丸。他陪老人住了七天,目睹他们的生活起居、工作劳动,在给他们沉寂的生活增添快乐的同时,也加深了对外祖父的了解:“生活的苦难,并没有把他摧垮”,“流放地变成了我们的世外桃源”。俞平伯有三首诗记此事:

喜外孙韦柰来省视(二首)

祖孙两处事农田,北国中原路几千。
知汝远来应有意,欲陈新力起衰年。

韩湘会造逡巡酝,又解诗题顷刻花。
知汝远来应有意,文公南去也夸他。

偕柰西塘小坐

落日明霞映水鲜，西塘小坐似公园。

晚凉更对门前月，亲戚情悰话去年。

第一首诗题前置一“喜”字，毫不隐讳对外孙到来的喜悦。“知汝远来应有意”引用韩愈赠侄孙韩湘的诗句，一再感念外孙远来探望的情义，对晚辈的良苦用心了然于心。第二首以韩愈与其侄孙韩湘之间的深厚感情喻指自己与外孙韦柰之间的关系，并以韩湘的才华夸赞韦柰。第三首《偕柰西塘小坐》叙写祖孙一起坐在门前小水塘小坐的情景。从彩霞满天，到月上楝树，祖孙二人坐在门口小水塘边，看风景，拉家常，时光深处，岁月静好。

俞平伯与朋友故交的唱和诗也写得别有韵味。这首写于1970年元宵节，因收到友人吴小如和李荒芜的书信，感念二人的牵挂问候而作：

元夕得友人书

近得鲤鱼信，还开东岳书。

平安诚可喜，锻炼复何如。

笔砚迷寻处，诗书业遂疏。

只堪共婴戏，眠我又拈须。

虽是与友人之间的酬答唱和之作，但这些诗作或畅叙友情，或叙写景况，或表达谢意祝福，无不因事生情，因景寄情，言之有物，平易自然，真诚亲切。

俞平伯被下放时，夫人许宝驯随行照顾生活起居。他与夫人青梅竹马、伉俪情深，关于这对神仙眷侣的美好情愫已成人间美谈，此不多叙。干校期间，俞老先生不改浪漫初心，经常向夫人以诗传情、以诗示爱，且看这些诗中蕴含的款款深情：

庚戌（一九七〇）新正（三首）

童丱重邀祖舅怜，前庚戌始议良缘。
如同再世为夫妇，一忆迢迢六十年。

秀兰香里亭亭立，楚艳庄姝非漫传。
如水芳华容易过，相从负戴又经年。

罗绮情怀渺若烟，多欣今夕莫思前。
荒村茅屋元宵节，犹应佳辰作饼圆。

这三首诗写于1970年元宵节，第一首回忆了他们缔结良缘、相互扶持、琴瑟和谐的美好生活："如同再世为夫妇，一忆迢迢六十年。"第二首引用宋玉《神女赋》中的句子"秀兰香里亭亭立，楚艳庄姝非漫传"，赞美夫人蕙质兰心、庄姝楚艳，尽管岁月催人老，但夫人端庄雅丽的风姿永驻心间。俞平伯特别感念夫人在艰难困顿中对他的悉心照料，即使在荒村茅屋，也想方设法带给他节日的欣喜："荒村茅屋元宵节，犹应佳辰作饼圆。"这年五月，他再次赠送夫人三首诗：

戏效辘轳体三首，赠内子

人生七十古来稀，幸及邦新见旭晖。
四度移家惟仗尔，梦名"伯玉"要知非。

头白鸳鸯得并飞，"休言七十古来稀"。
自嗟身世多歧误，欲倩柔纤挈我归。

泥他双宿与双飞，传道邻村燕子归。
犹似丁年花烛夜，"休言七十古来稀"。

辘轳体诗是一种衔头接尾格的诗，因诗的韵律如水井之辘轳架旋转而下，故名辘轳体。这三首诗效仿辘轳体，以"人生七十古来稀"起首，感叹岁暮年老之时，世事多变之秋，幸有夫人的相携相扶、勉力支撑才能安然度日。"四度移家惟仗尔"，"欲倩柔纤挈我归"，一九六九年十一月俞平伯夫妇由北京而信阳、而罗山丁洼、而息县包信，最后在信息东岳集总算安定下来，故云"四度移家"，每次都是夫人把带来的行李全部打开，刚刚安置好却又要打包启程，艰辛繁难可想而知。"伯玉知非"出自《淮南子·原道训》："故蘧瑗伯玉年五十，而有四十九年非”，意为要善于反省自己的过错。此处用典，反映俞平伯对下放“五七”干校劳动进行改造的虔诚态度。后两首以“休言七十古来稀”贯穿，与第一首诗的首句“人生七十古来稀”形成呼应，然而，将“人言”改为“休言”，一字之差，一扫感伤消沉之暮气，彰显豁达大度之襟怀、开朗活泼之性情。全诗在重温洞房花烛、新婚宴尔的曼妙时光中结束，韵味悠长。

一九七〇年农历九月十六，是他们成婚五十三周年纪念日，俞平伯以诗歌《此日》（二首）记之，再次感念夫人在半个世纪“陵谷沧桑”的动荡变幻中，始终“耐心坚力撑拄危颠”，是夫人以她柔弱的臂膀在时代的暴风雨中为他撑起一片温暖晴天：

一从丁岁连鉼轩，六五零回月子圆。
今日中原来寄寓，尘灰粗粝总安然。

湖山佳处燕徜徉，甥馆无愁又浙杭。
今日茅檐双戢羽，未须流眄话雕梁。

“鉼轩”泛指车辆，“连鉼轩”喻指二人缔结良缘。在俞平伯的诗歌中，“赠内子”是永恒的主题，常写常新，写诗、誊诗是他们夫妻之间传达爱情的最好方式，也是他们的生活常态。这些诗深情款款，忠爱缠绵，用语古雅庄重，深切表达了他们在艰难岁月中相濡以沫的真挚情怀,人类千百年来对爱情最美好的期盼在他们身上得到完美体现。而这对神仙眷侣曾经如双飞春燕、白首鸳鸯一般在豫南大地栖息、徜徉,鸾凤于飞,和鸣嘤嘤,关于他们的美丽传说将永远给我们带来“爱”的滋养,这些患难中的诗歌是最美好的“爱之颂歌”。

韦柰说,下放到信阳,“从此揭开了外祖父母晚年生活的另一页,也是他们生活中最具活力的华彩乐章”。人们说到知识分子劳动改造,首先想到的就是如何疲惫不堪、愤懑不已,哪有什么“华彩”可言?但俞平伯的“干校诗歌”却展示了那么多深挚美好的情愫,充分彰显了他“自爱、平和、前进、闲适”的生命哲学,具有独特的文化意蕴和历史价值。诗风或要眇幽微、深美闳约;或生动活泼、清新自然;或忠爱缠绵、情深语秀。细细品味,如沐春风,隽永悠长。归根结底,是“不以物喜、不以己悲”的真挚旷达和对世界、生命、人生的挚爱宽和情怀,赋予了困顿中的俞平伯强大的精神力量和体察幽微的心灵敏悟,否则,他的眼里就不可能处处诗情画意,心里也不可能总是怡然自得。

战争·流亡·成长

——宗璞小说《野葫芦引》的青春成长叙事

著名作家、学者宗璞的长篇系列小说《野葫芦引》由《南度记》《东藏记》《西征记》《北归记》四部分构成。作品以西南联大为蓝本,以明仑大学历史学教授孟樾一家及明仑大学师生的流散聚合为主线,在抗日战争的特殊时代语境中,细腻刻画中国知识分子的人格操守和情感世界,深刻展现他们对祖国的大爱,对亲人朋友的大善,对入侵之敌的大恨,对亡国之祸的大痛。叙事时间从1937年夏日本占据北平、明仑大学南迁昆明始到1945年秋日本投降、明仑大学回归北平终,历时8个春秋,时空广阔,内容丰富,具有崇高、恢宏的史诗性品格,是一部感人肺腑、荡气回肠的精神史诗。宗璞倾尽心力塑造的人物不仅有孟樾、庄卣辰、萧子蔚等具有深厚家国情怀、强烈使命担当的知识分子,对嵋、峨、玮玮、玹子、雪妍、无因等小字辈更情有独钟，随着“南渡”“东藏”“西征”“北归”的辗转流徙，嵋等一批年轻人的生命画卷徐徐展开，战争不仅改变了他们的人生轨迹，带给他们全新的人生经历和生命体验，更重塑了他们的精神和情感世界。在血与火的磨砺中，他们逐渐成长、成熟，由不谙世事的纯真少年/少女到具有鲜明主体精神和理性心智的时代青年。宗璞书写的既是个体生命的成长史与心灵史，也是民族国家的痛史与不屈不挠的抗争史，由此，“小我”的微观叙事与民族国家的宏大叙事融为一体，个体生命的成长、成熟与民族国家的觉醒、奋起形成一定的同构与互文。在此意义上，《野葫芦引》是一部青春成长叙事，或者说，是知识分子叙事、战争叙事与青春成长叙事交织融合的多元叙事文本。关于它的知识分子叙事、战争叙事学界已有很多讨论，本文重点关注的是其青春成长叙事，意在探析在抗日战争特定的时代语境中，那些被战争裹挟的年轻生命的青春肌理和生命成长轨迹。

一、在流亡中发现大千世界

如果没有战争，嵋、玹子、雪妍等人的生活无疑是优裕的，他们出生于高门世家、书香门第，锦衣玉食，优宠有加，方壶、圆甑、香粟斜街三号院甚至明仑大学都是远离俗世的世外桃源,“茂密的树木把骄阳隔在空中,尘嚣隔在园外。满园绿意沉沉”。琴棋书画、诗词歌赋、音乐舞蹈、游乐玩耍是他们生活的主旋律,一切都宁静芬芳、温馨美好。他们的父母是高高在上的精英知识分子,有着与生俱来的优越、清贵与典雅。他们“顽固地坚持一种雅致生活。他们不仅有着独特的语言文字习惯,而且还有一套社交礼仪规则,有只有他们那个圈子才理解的含蓄与幽默,甚至有不同凡俗的肢体语言”①,他们在自己的小圈子里怡然自乐。然而,战争打破了一切,他们不得不走出晶莹剔透的象牙塔,跟普通老百姓一样承受“亡国奴”的羞辱和漂泊流亡的困顿,由此,他们的双脚才真正落在中国的大地上,山川风物的壮美、现实社会的复杂、黎民百姓的悲辛才得以进入他们的视野。就这样,流亡的恓惶悲愁与对世界探索发现的欣悦相交织,生命因此而丰厚,情感因此而忱挚,思想因此而深邃。

他们首先发现的是“方壶”之外的“天地之大美”。“登山始觉山高广,到海方知海渺茫”,当嵋第一次看到大海,被海的博大深邃、变幻莫测深深震撼,“嵋觉得自己的小身体简直承受不了这样的伟大,只好闭上眼睛。”“渐渐地,这纱帘也消失了,大海清楚地显露出来,没有遮掩,也很平静。但是再没有

①刘心武:《野葫芦的梦——对〈南渡记〉〈东藏记〉的一种解读》,《粤海风》2002 年第 5 期。

遮掩也觉得有看不清楚的地方，再平静也觉得有一种汹涌的力量，只因为它是大海，太大了，太深奥了。”“海可以温柔，可以咆哮，可以平静，可以沸腾。因为它自己蕴藏着力量，它的丰富和千变万化是人们不了解的。”穿越滇越铁路时，嵋看到滚滚的红河水在万丈悬崖下的河谷中奔腾咆哮，发怒般打着漩儿，漩涡相连，“山上是亚热带特有的浓密的、湿漉漉的绿，显示着抑制不住的活力”。在滇南小镇龟回，虽然只有“几条窄街，房屋格式不一”，但“安静”、“古朴”，“满城漾着新鲜的绿色，连那暮霭，也染着绿意。”更加美轮美奂的则是昆明的蓝天、白云和永远繁盛的花木：“这是一种不可名状的蓝，只要有一小块这样的颜色，就足以令人赞叹不已了。而天空是无边无际的，好像九天之外，也是这样蓝着。蓝得丰富，蓝得慷慨，蓝得澄澈而光亮”。“蓝天上聚集着白云，云的形状变化多端”，“它们聚散无定，以小朵姿态出现总是疏密有致，潇洒自如，以大朵姿态出现则如堆棉，如积雪，很有气势。有时云不成朵，扯薄了，撕碎了，如同一幅抽象画”。昆明的街道窄窄的，随着地势高低起伏，“两旁人家小院总有一两株花木，不用主人精心照管，自己活得光彩照人。有些花劲势更足，莫名其妙地伸展上房，在那儿仰望蓝天白云，像是要和它们汇合在一起”。昆明的月夜也别具一格：“这是只有高原地带才有的月夜！这里的月亮格外大，格外明亮”。即使在偏僻的龙尾村，也“有山有水……村里村外,山上河旁,遍生木香花,……花开如堆雪”。玮玮、殷大士、嵋、庄无因四人曾相约去石林游玩,“正是春暖花开,一路不知名的各样花朵扑面而来”。后来车子半夜抛锚,他们在夜色中步行上山,“天越来越亮,他们突然发现自己处在一片红光中,太阳从另一座山背后露出半个脸,他们身上都染了红色。这不只是太阳光,而是脚下土地的扩展。那红色的土地,也正从黑夜里显露出来”。他们觉得从没有见过这样的天和地,“嵋觉得自己的心是这样宽阔,眼前的景色都不能装满”,“他们共有一个念头,飞起来,飞得高高的,看一看更远更远的地方”。

“天地有大美而不言”,面对瑰丽广袤的大地,这些年轻人的心胸、格局、眼界也逐渐高远、宏阔起来。更何况还有五彩斑斓的集市、淳朴新奇的民俗、奇妙生动的方言、热情朴实的当地百姓,以及各种令人唇齿留香的美味小吃,就这样,“东藏”的恓惶愁苦逐渐被瑰丽的南国风光和醇厚的边地人情所代替,昆明成为他们依依难舍的第二故乡。

从安逸的京城颠沛流离、辗转奔波到偏远的昆明,其间的艰难困苦自不待言,加之敌机轰炸、粮食短缺、生活用品极度匮乏,但宗璞在描绘山川景色时,很少有“感时花溅泪,恨别鸟惊心”的悲愁凄凉,字里行间洋溢的却是对“天地之大美”的陶醉、欣赏、感动和震撼,体现出明朗清新、积极昂扬的审美格调和健康活泼、朝气蓬勃的精神追求。是南国壮美的山川、澄澈的天空、繁茂的鲜花、纯净的明月、红色的土地抚慰了这些流亡者的心灵,使他们从中感受到勃勃生机和无限生长的力量,这种生机和力量为年轻生命的健康成长注入了源源不断的能量,在人与自然的交融中,在"天地之大美"的滋养中,"国家、土地、人民"这些抽象的概念变得具体可感,对它们的爱也变得真挚深切。所以,澹台玮在奔赴前线途中,"觉得每一道山、每一条水都在召唤他";"觉得流水、道路,还有路边的茶馆、食摊都是这样亲切,都是这样可依恋,都是他们要保卫的"。

在惊叹于"天地之大美"同时,嵋等孩子们也见识了现实社会的复杂和平民百姓生活的艰辛。去往香港的轮船上,他们遭遇了风暴,同行的李家大姑娘李之芹体弱多病,不堪颠簸,年轻的生命陨落在逃难途中,这是他们第一次直面死亡却无能为力。李之芹的死对嵋的打击是巨大的,与死亡的第一次近距离接触成为她与往日生活和过去"自我"的分界线——"方壶和香粟斜街,都隔在一具遗体的那一边,她已经不是原来的孟灵己了"。是的,过去的一切都一去不复返了,单纯美好的童年就此结束,生活从此充斥着战乱、流亡、死亡,年仅10岁的嵋陷入悲伤:"她有一种无法说清的情绪,似乎不是为之芹,而是为她自己,为爹爹和娘,为所有人,想要大哭一场”。玮玮和无因还目睹了一个偷渡者的尸体在黑夜中被扔进大海，他们同情那个葬身鱼腹的人，感慨一个鲜活的生命就这样无声无息地消失了，尽管他们坚信：生命“总不至于这样草率轻贱”，“生命是尊贵的，高尚的，无可替代的”。但现实却给了他们重重一击，卑微者的生命就这样被践踏、被弃置。在安南，他们遭遇了盗贼抢劫，嵋的心爱之物被洗劫一空。在昆明，刚刚安顿下来的家，被敌机炸成一片废墟。然而，即便是这样，他们的生存境况也比当地老百姓好多了，正如保山少年苦留对玹子所说：“没饭吃的人多着呢，一摸一大篓”，“你们哪里知道我们的苦”。随着时间的推移和生活阅历的不断丰富，嵋发现，发国难财的不仅有奸商，个别操行低劣的大学教授也浑水摸鱼从中牟利，更有野蛮、暴虐的滇南土司贩卖鸦片、烟土甚至军用物资。

南渡伊始，嵋的母亲碧初就对她说：“世界不是方壶，你慢慢就知道了”。确实，“方壶”是一个与现实社会基本隔绝的空间，这里的物质生活和精神生活都丰裕、雅致、从容。战争如利剑将“方壶”击得粉碎，他们不得不面对纷纭复杂的现实社会。由此，他们才真正体会到现实的复杂、生存的艰辛和人生的苦痛，也更加珍惜生命的坚韧、高贵和力量，正如他们房子旁边那片“炸不倒的蜡梅林”，“无论怎样的艰难，逃难、轰炸、疾病……我们都会战胜，然后脱出一个新的自己”。“零落成泥碾作尘,只有香如故”,作为中国文学的经典意象——“蜡梅”显然象征了知识分子高尚的精神风骨和坚定的生命意志,但宗璞借此意象还着意强调了“零落成泥碾作尘,只有香如故”的坚韧和持守,以及“梅花香自苦寒来”的人生历练之于生命成长的意义。历经磨难,“嵋觉得自己变了许多,阅历让她的精神世界变得又丰富又贫乏”。曾经娇生惯养的雪妍在爱情和正义的驱动下,果敢地与做了汉奸的父母决裂,抱着收拾破碎山河的理想,辗转奔波,忍受荒村小店虫子的骚扰和无处下脚甚至很少遮拦的厕所……这样的经历,不仅使她对农村粗糙的生活产生强烈同情,更让她的人生观发生巨大变化:“表面的舒适实际是个大樊笼。现在我要工作”。人生观发生巨大变化还有澹台玹,这个曾经只知道自由自在、快活享乐的富家小姐,最终放弃了移民美国的安逸生活,布衣蔬食、淡定从容地抚养革命者卫葑的儿子,甘愿做卫葑的坚强后盾。

“许多事让人糊涂,但祖国这至高无上的词,是明白贴在人心上的。很难形容它究竟包含什么。它不是政府,不是制度,那都是可以更换的。它包括亲人、故乡,包括你们所依恋的方壶,我倾注了半生心血的学校,包括民族拼搏繁衍的历史,美丽丰饶的土地,古老辉煌的文化和沸腾的现在。它不可更换,不可替代。它令人哽咽,令人觉得流在自己心中的血是滚烫的。”①

这是《南渡记》第一章的间曲“野葫芦的心”，是即将离京南渡的明仑大学历史学教授孟樾在嵋和小娃——他的两个熟睡的小儿女床前的内心感慨。这段文字内涵丰厚，韵味隽永，是全文的文眼，奠定了整部作品深挚醇厚、悲郁庄严的情感基调。无疑，在国破家亡之际，孟樾内心深处对祖国的深切体认和深情眷恋是难以跟两个“小玩偶一样”的孩子讲清楚的，他们必须通过自己的眼睛去观察、自己的脑子思考、自己的心灵去体悟。只有他们的生命与祖国的山川大地、历史人文融为一体，才能对“民族拼搏繁衍的历史，美丽丰饶的土地，古老辉煌的文化和沸腾着的现在”感同身受，从而最终形成对“祖国”的深切体认和深厚情感。南渡/流亡恰好提供了这样的机会，尽管这机会伴随着亡国奴的屈辱和颠沛流离的苦痛。对懦弱者而言，屈辱和苦痛是剿灭心智和精神的利器，对强者而言，则是激发力量与激情的酵母。

二、在战争中思考战争的本质

在昆明西南联大旧址，至今矗立着一块800学子从军纪

①宗璞：《南渡记》，人民文学出版社，2019，第4页。

念碑。据《国立西南联合大学校史》记载，有名可查的联大学生参军人数为834人，其中不乏名教授的子女，如清华大学校长，西南联大常委梅贻琦先生的独子梅祖彦、女儿梅祖彤，云南大学校长熊庆来的儿子熊秉明，联大文学院院长冯友兰的儿子，宗璞的胞兄冯钟辽等。在民族危亡的关键时刻，这些青年学子毅然弃书从戎、共赴国难，其中，很多学生加入中国远征军，参加了滇西战役。中国远征军是第二次世界大战中，中国与盟国直接进行军事合作的典范，也是甲午战争以来，中国军队首次出国作战。1943年10月至1945年3月，中国驻印军和中国远征军在缅北、滇西反攻中，收复缅北大小城镇50余座，收复滇西失地8.3万平方公里，共歼灭日军4.9万余人，中国军队也付出了重大牺牲，伤亡官兵约6.7万人。其中，联大从军学子付出了巨大的牺牲。把这段历史从尘封中磨洗出来，宗璞认为是自己不可推卸的责任。1988年，宗璞在腾冲的国殇墓园，看到一眼望不到边的墓碑，不禁悲从中来，在那里大哭一场。《野葫芦引》的第三卷《西征记》就是关于远征军和滇西大战的史诗篇章。宗璞以宏阔的视野，细腻、内敛、极具张力的笔触叙写明仑大学学生、边地百姓、美国援华部队三支抗战力量勠力同心、艰苦卓绝的战斗和牺牲，她建基于历史真实的艺术虚构，谱写了一曲感人肺腑、荡气回肠的战争史诗。宗璞说："在滇西大战中英勇抗争的中华儿女，正是本书的主要创造者,他们的英灵在那里流连。”无疑,玮和嵋作为联大学生从军抗战的艺术典型,他们的生命乐章是这部战争史诗的主调。他们二人本不在征调之列,但本着为国家“寻一个本分”的质朴信念,毅然走向前线,玮献出了年轻的生命,嵋尽管是一个只有 17 岁的瘦弱女生,不仅顽强地经受了战争的残酷考验,而且完成了一些相当有难度的工作,令人刮目相看。难能可贵的是,宗璞不仅书写了以玮、嵋为代表的年轻生命在抗战中的付出和牺牲,同时也赋予了他们观察、思考的品质,战争的残酷没有泯灭他们作为知识者的心智和理性,在血与火的战场,他们更易于看清战争的真实面目,思考战争的本质,形成对战争的深切体认。

托尔斯泰曾说:“战争的形象是流血、痛苦和死亡。”但是,如果不亲自到战场和前线,嵋、玮等青年人恐怕无法真正体认战争的血腥和残酷,毕竟,大学校园与炮火连天的战场有霄壤之别。怒江之战中,为了阻止敌人的进攻,我军迫不得已炸毁惠通桥,浩荡的江水虽然阻止了敌人的猖狂进攻,但那些没有来得及过桥的战士和逃难群众也一并坠入江中。顷刻之间,多少家破人亡!民夫老战眼见他的妻子和儿子被江水吞没,那恐怖的一刻无异于天塌地陷,给他的打击是致命的,导致患上了“创伤后应激障碍”,失忆、呆滞,见人只反复重复一句话:“我是从惠通桥来的”,后来,是嵋的耐心安抚和疏导才使他重拾记忆,恢复正常。敌人被阻截在怒江西岸后,疯狂轰炸,一度安宁的边地小城保山变成了断壁颓垣的废墟,瘟疫蔓延,永平、下关一带十室九空。在滇西大反攻中,每一个村庄、每一座山头,每一寸土地,都浸透了战士们的鲜血,澹台玮在日记中记中写道:“一次小战斗就损失了 80 名士兵”。在身负重伤生命垂危之际,他深深叹息:“牺牲的人太多了,每一寸土地都是血肉铸成的”。

在前线,玮、嵋等青年学生不仅真切体认了战争的惨烈和残酷,看到了中国军人誓死保家卫国的钢铁斗志,还从谢夫、布林顿、本杰明等英勇参战的盟军官兵身上,看到了世界人民对法西斯军国主义的痛恨,和他们为了维护世界和平而做出的贡献和牺牲。嵋尤其痛心于中国普通百姓在抗战中遭受的巨大灾难,更感动于他们为抗战所做出的巨大贡献和牺牲。尽管日军所到之处,烧杀抢掠,家园被毁,亲人离散,但他们以顽强的意志承担着修筑公路、救助伤员、运输给养等极其艰巨的任务,妇孺老幼,无不竭尽全力。有数据统计,参加修筑滇缅公路的民夫达三百万人次,而那时云南的人口只有一千六百万人。正如毛泽东所说:“战争的伟力之最深厚的根源,存在于民众之中。”①确实,离开了老百姓的支持和援助,前线部

①毛泽东:《论持久战》,《毛泽东著作选读》(上),人民出版社,1986,第 266 页。

队将更加艰难。宗璞通过苦留、福留、阿露、老战、游击队长彭立田等栩栩如生的人物形象，谱写了一曲云南普通百姓的抗战颂歌，从他们身上，宗璞看到了中国底层百姓的可贵品质——质朴、坚韧、智慧、刚强，这正是中华民族不可战胜的精神底色。

当时，关于青年学生参战有不同的声音：有人认为学生应该以读书为主，将来以所学知识报效国家；有人因为当时国共之间的复杂关系，不希望青年学生因参战而卷入国民党政权，"给国民党当炮灰"；还有少部分学生因贪生怕死不敢上战场；社会上还有人打着所谓"和平主义"的旗号反对抗战。凡此种种，不一而足。宗璞在《西征记》的战争书写中，通过主要人物嵋和玮的视角，巧妙融入了对以上问题的思考。嵋看不起那些贪生怕死之辈，但并不反对"学生以读书为主，将来以所学知识报效国家"的选择，但在国破家亡之时，他们更愿意听从内心的声音，做自己能做的事，去为胜利尽一份力，不然就会不安。因为，嵋深知，收复山河是"民夫老战的愿望，是水姐、小木和那不知名女兵的愿望，这是多少中华儿女，活着的和已死去的，共同的愿望"。他们弃学从军的目的既单纯又强烈，那就是为抗战尽自己的本分，为民族尽一份力量。他们既不是为了寻找刺激，也不想成为英雄，毕竟，安安静静读书、在知识的海洋里遨游才是他们的夙愿。骨子里，他们对战争深恶痛绝，但对打着“和平主义”旗号反对抗战的论调却毫不妥协。嵋坚信：“为了保卫自己的国土，不受敌人的蹂躏，为了消灭法西斯，实现人类的自由平等，为了正义，为了要达到这些光辉的词语，必须走过一个沾满血迹的通道”。作品中，来自英国的志愿者老艾就是一个所谓的“和平主义者”，他是基督徒，反对一切战争，拒绝服兵役。他说：“战争太残酷了。”“上帝教我们爱一切人，在上帝的光辉里，把战争消灭在没有发生以前”。面对这种不切实际的空想，嵋以墨子的学说反驳老艾：“我们没有要战争，我们是不得已。只有把侵略者赶出去，才能消灭战争。”“要消灭战争，必须消灭制造战争的法西斯，至少在很长一个阶段是这样。”在事实面前，老艾不得不承认，反侵略的战争是必要的、有效的。

正因为深知战争的残酷惨烈，人们才更加热切地期盼和平。为永久的和平而战，是中国抗战的正义性、进步性的根本原因，也是中国人民必将胜利的根本保证。澹台玮留给世人的最后声音是“祈祷和平，祈祷和平”。宗璞还通过逃跑的日本兵吉野来控诉日本侵华战争的反动本质：“我从头就怀疑这次战争的意义，无论加上多少好的词汇，都不能掩饰我们是侵略者。占据了别人的土地，要在别人的家里死守，没有援助，只有死守，守的不是自己的家”。战争的目的必须是为了和平，否则战争的意义就值得怀疑。正是基于这种战争观，战争一结束，嵋就迫不及待回到学校，重续学业。也正是基于对战争残酷性的深切认知，全国人民才更加迫切地盼望和平，对即将爆发的内战忧心忡忡。在《西征记》的尾声和《北归记》中，轰轰烈烈的“反内战、争民主”活动也风起云涌，抗战胜利的喜悦被内战的阴云笼罩。

总之，《西征记》叙写了嵋、玮等青年学生惊心动魄的从军历程，并通过他们的视角展现滇西大反攻的艰苦卓绝，谱写了中国远征军悲壮昂扬的抗战交响曲，这里，熔铸了嵋、玮等青年学子的激情和热血，也有他们关于战争的思考和追问。经过血与火的淬炼，他们变得更加平和、睿智、通达，对社会的判断、对世界的认知，包括对自己人生道路的选择都更理性、更明晰、更自主。

三、在死亡中思考生命的真谛

《野葫芦引》四卷，从“南渡”到“北归”，历时八年，其间世事变迁，沧海桑田，最终，抗战胜利了，南迁的明仑大学回到了久违的京城。但许多人没能看到胜利的喜悦，他们的生命以各种方式、因各种机缘而终结。《野葫芦引》中有很多死亡叙事，从第一卷到第四卷，卷卷都有，成为整部作品思想内涵和艺术品质极其重要的一部分。在这里，我不想对宗璞死亡叙事做过多的美学探究,我关注的重点是死亡叙事与青春成长的关系。

通观全书,《野葫芦引》的死亡叙事主要有死于战争、死于民族大义、死于偶然、死于疾病等四种类型。宗璞将死亡叙事置于日军侵华、国破家亡、抗战救国的时代大背景下,其死亡叙事自然超越了生老病死的生命循环,而与时代的悲痛和壮烈融为一体。正因为如此,死亡对于那些成长中的年轻生命才会有特殊意义。孔子曾批评他的学生季路说:“未知生,焉知死?”然而,对于嵋等年轻生命而言,目睹一个又一个鲜活生命的消亡,让他们明白了生命的意义,明白了人应该怎样活着,在此意义上,我们可以说:“未知死,焉知生?”

因战争的酷烈死于抗敌战场,无疑是作品呈现的主要死亡方式。且不说那些无名无姓的战士、百姓,单是有名有姓的死难者就不下 20 人,其中,宗璞倾注了最大笔力、心力和感情的自然是主人公之一的澹台玮。作者细致描述了澹台玮从军、参战、身负重伤、不治身亡的全过程,他机智勇敢、德才兼备、友善可亲、生机勃勃,深受盟军战友爱戴,他短暂的生命如划过天际的流星,璀璨光华、纯净美好。宗璞让这样一个有着浓厚理想光环的人物死于战场,且死后还受到莫名其妙的怀疑,既表现了战争的残酷性,战争中人性的复杂性,更是对法西斯罪恶的强烈控诉和声讨。但宗璞真正要凸显的是那些年轻生命为国家、为这片土地的和平与安宁所做出的牺牲，如同作品中的嵋、殷大士等玮的亲人们，既为玮的牺牲悲痛不已，又因他而骄傲自豪，他是无数为国捐躯的英雄儿女中的一员，他们的身躯与脚下的大地融为一体，活着，他们以生命保卫这片土地，死后，他们又滋养着这片土地，成为土地的一部分，在他们安葬的地方，新的生命诞生了——“小草在这里生长，绿油油的，蔓延开去”——这是生生不息的生命力量。宗璞以小草意象表达她对生命的礼赞和歌颂，每个人都是祖国大地上的一棵草，“我是昆明的一棵草——北平的一棵草。……我是怒江边的一棵草，我是龙川江边的一棵草，我是上绮罗村的一棵草，我是高黎贡山的一棵草”。柔软而坚强小草汇成一个“长长的队伍，队形变化，忽明忽暗。这是抵抗外侮的队伍，是奔涌在历史长河中的正气”。这种“正气”灌注于天地之间，充盈在嵋、殷大士、冷若安等活着的年轻人心中。

战场死亡叙事特别值得关注的还有美国飞行员本杰明。在宗璞的笔下，本杰明的死亡既凄美又浪漫，他与傣族姑娘阿露一见钟情，他们跨越语言、种族障碍的爱情，在几乎与世隔绝、无粮无药的绝境中，实乃最富有人性光辉和国际胸襟的浪漫传奇。自始至终，本杰明都是平静安详的，爱的光辉照亮了他的死亡之路，他带着对家乡的怀想和对阿露的依恋离开人世。托尔斯泰说：“爱是真正的善、至高无上的至善，能解决生活中的一切矛盾,不仅能驱除对死亡的恐惧,而且能促使人为他人做出牺牲”①。这种说法虽然过于极端,但“爱”确实赋予了本杰明抗拒死亡的力量,驱除了他对死亡的恐惧,让他在生命的最后时刻感受到人世间最美好的情愫。同时,“爱”也赋予了阿露巨大的精神力量,使她在极其艰难的困境中,依然保有纯净的心灵、善良的美德和坚韧不拔的毅力。在《战争与和平》中,托尔斯泰的安德烈公爵在奥斯特里茨战役中负伤,仰面躺在地上,“只见头顶山的天空深邃无垠,懒洋洋地飘着几块灰色的云彩”,恍然大悟:“一切皆空,一切都是欺骗,除了他……什么都没有……让我们赞美上帝吧!”然而,“上帝”能制止法西斯发动的邪恶战争吗?同样是战场上的伤亡,不同于托尔斯泰虚无的宗教狂热,宗璞的人物传达的是生命与爱的力量,是对人类高尚情怀和美好情感的礼赞与歌颂。

抗战全面爆发以来,多少英雄儿女血洒沙场,还有一些人因各种原因无法赴战场为国效力,但也不愿苟活于乱世,于是以各种方式表达对国家的忠诚和誓死不屈的精神。吕清非老人就是这样一位艺术典型。吕老人出身名门高族,文武兼备,智慧通达,以国家兴亡为己任,数十年投身推翻清政府的革命活动,深受子女后辈敬仰,享有极高的社会声誉。抗战爆发

---

①罗曼·罗兰:《名人传》,张冠尧、艾珉译,人民文学出版社,2003,第227页。

后，吕老人深恨自己年事高迈不能效命沙场，为了不被要挟出任伪职，决然自尽，以死明志。以死明志的还有吕老人的大女婿、滇军名将严亮祖，他用生命呼吁国人珍爱和平，反对内战。他们二人的死给嵋等晚辈们上了刻骨铭心的一课，让他们真正理解了何谓“杀身成仁，舍生取义 ”。

但宗璞的死亡叙事不仅仅关涉到抗战和民族大义，她还看到了生命的脆弱、无常和偶然。逃难不久，李家大姑娘不堪旅途颠簸，腹痛呕吐，很快就不治身亡。嵋的姐姐峨性格孤僻，好不容易准备与一直喜欢她的同学仉欣雷结婚，但就在二人去领结婚证的路上，仉欣雷却失足跌落悬崖，鲜活的生命瞬间消失。如白雪公主一般美丽的雪妍历经千辛万苦，终于与心上人卫葑团聚，生下可爱的儿子，一家三口尽管生活艰难却幸福满满，却在洗衣服时滑落深潭，香消玉殒，埋骨他乡。这些突然凋零的生命都很美、很年轻，生命的芳华才刚刚开始绽放，一阵莫名其妙的风吹过，生命的蜡烛就熄灭了。

这就是宗璞的死亡叙事，既赞美了生命的坚韧、刚毅、激情和美善，也不回避生命的脆弱、无常和偶然，体现出她洞悉世事后的明澈、通达与睿智。“孟灵己出场的时候十岁，回去的时候 19 岁了，而且经历了西征的战争、李家大女儿的死、凌雪妍的死，尤其是玮玮的死，这都影响着她的成长。有人说我每本书要死一个人，我想生活就是这样，一面向前走一面就要消失,旧的消失然后又有新的。”

巴赫金说,“个人的成长不是他(她)的私事,他(她)与世界一同成长”,个体的成长过程亦即个体社会化的过程。八年离乱,嵋等小字辈都慢慢长大了,青春期的迷惘、探索、战斗与国家的悲恸、抗争、胜利融为一体,而那些消失的生命则成为他们挥之不去的青春记忆和人生课程,从中,他们体悟了生命的真谛,从而以一种更从容、理性的姿态面对世界和人生。他们在羁绊中奋勇成长,在实践中摸索前行,最终完成了自身的蜕变。宗璞将个体生命的成长史与民族国家抗争史融为一体,在民族国家的宏大叙事背景下,细腻描绘个体生命的成长、成熟。作为青春成长叙事,《野葫芦引》有宏阔的时空背景、深厚的家国情怀、深广的生命关切和纯净的青春气息,字里行间,回荡着一腔凛然浩荡、雅正清贵、刚健昂扬之气,具有举重若轻、隽永深邃的艺术魅力,与当前那些无病呻吟、迷乱沉沦、虚无浮躁的青春小说相比,其差别何止云泥。

刘震云小说《我不是潘金莲》主旨新论

——从“隐性叙事”角度

一、问题缘起与观照视角

20世纪80年代初至今，刘震云始终保持着旺盛的创作力，从《单位》《一地鸡毛》以新写实观照现实重压下小人物的生存窘态，到《故乡天下黄花》《故乡相处流传》等新历史小说对历史的解构与探寻，再到《一句顶一万句》《我不是潘金莲》《吃瓜时代的儿女们》对人与社会荒诞性存在状态的深刻揭示，其作品的思想深度和艺术高度都在不断抵达新的层面，正如有研究者所言，“刘震云是一个思想型作家，他一直在试图把握世界、人生、时代表象背后的本真”①。他不仅要呈现现代人荒诞性的生存困境,更在探寻导致这种生存焦虑与存在困境的根源和渊薮。

小说《我不是潘金莲》(以下简称《潘金莲》)自2012年面世以来,一直颇受关注,有人认为,这是“一部别开生面的官场讽喻小说”,有人将之视为问题小说,是作家“直面生活、直面当下、直面社会、直面政治”的全新力作,以一则民女“喊冤”的传奇,直击中国信访制度的困境,是对官场生态的反讽,对当权者无视百姓诉求、不作为的贬斥。有些研究者透过上访喊冤的表层叙事,看到了作品深厚的文化底蕴、强烈的象征意味及当代人荒诞性的生存困境。从“官场小说”到“问题小说”再到“存在之思”,解读不断深入,彰显了作品宽阔的阐释空间。

王彬彬在讨论昆德拉时曾说:“昆德拉无意于写纯粹的‘政治小说’或‘问题小说’,他总是从‘政治’切入,而最终使小说的意味和意义大大地撑破了‘政治’,具有了浓郁的形而上意旨。”②这个说法之于《潘金莲》同样合适。李雪莲离婚弄假成真,成了弃妇;与丈夫“论理”,被污为“潘金莲”/淫妇;20

①冯庆华:《刘震云小说论·摘要》,博士学位论文,南京大学文学院,2013,第1页。

②王彬彬:《对昆德拉的接受与拒绝》,《中国图书商报》2003年9月5日。

年上访喊冤,想给自己一个清白,却使一大批官员被免职,是“官见官怕”的“刁妇”。从主妇到弃妇,从淫妇到刁妇,从个人事件到公共事件、从离婚事件到政治事件,蚂蚁变大象,芝麻成西瓜,她越想洗刷自己,其身份就越暧昧,泼向她身上的污水越多,如同落入蛛网的虫豸,铺天盖地的蛛丝织成无法破解的茧,牢牢地缚着她,所有的挣扎都是徒劳的。这就是刘震云所呈现的现代人荒诞性的生存困境,刘震云自己也说:“我实际上想表达的是生活背后的喜剧和荒诞底线。在这个时代里,荒诞的底线远比道德底线要深入很多。”

那么,导致李雪莲荒诞性人生困境的根源究竟是什么?作家采用了怎样的叙述机制,通过何种方式与途径抵达“时代表象背后的本真”?这些问题,关乎该著的思想深度与艺术特质。毫无疑问,合适的观照视角是抵达叙事文本思想深度与艺术特质的有效路径。“隐性叙事进程”正是解读《潘金莲》的一个新颖且有效的观照角度。

何谓“隐性叙事进程”?叙事学家申丹认为:“隐性进程是情节后面的一股反讽性叙事暗流,与显性情节发展相互独立,基本不交叉,但两者又互为补充,在主题意义上与显性情节形成一种补充性或颠覆性的关系。”叙事的“隐性进程”提醒读者:叙事进程不仅是情节发展的单一叙事运动,而是存在着一明一暗两个并行的叙事运动,各有其特定的主题关怀。

"如果我们能看到隐性进程,就会看到作品建构的另一个世界,在这个世界中,同样的文字选择表达出不同的意义,塑造出不同的人物形象。"因此,"我们首先必须把眼光拓展到情节后面,看是否存在一股从头到尾与情节发展并行的叙事暗流"。这样,"我们对作品的总体理解会发生变化,会看到两个叙事运动如何从不同的角度,共同表达作品的主题意义"。同时,"隐性进程"会揭示出人物的不同层面,"看到隐性进程,我们就可以看到更加复杂丰富的人物形象"①。

考察《潘金莲》的叙事进程,可以发现,在上访告状的显性情节背后,从头至尾存在着一股与显性情节并行发展的"反讽性叙事暗流",形成文本的"双重反讽",不仅使李雪莲的形象复杂暧昧,更在"官场小说""问题小说""存在之思"等多元题旨之外,呈现出"人性审视"的主旨关怀。

二、显性情节背后的"反讽性叙事暗流"

早在20世纪90年代初,评论家陈晓明就指出:"反讽是刘震云最重要的特色,时至今日,学界对刘震云小说的反讽类型、呈现方式及其艺术功能都有充分阐释,但对刘震云而言,

---

①申丹:《何为叙事的"隐性进程"? 如何发现这股叙事暗流?》,《外国文学研究》2013年第5期。

反讽不仅仅是一种修辞技巧，毋宁‘是一项根本的美学法则，乃至成为处理生活的方法和文学的生存准则’①，是英美‘新批评’所强调的‘一种结构原则’。”他“更重视反讽文本和叙述对象内部的诗学建构，即叙述文本的结构建立在悖论的基础上，有着深层或潜隐的二元对立结构模式”②。确实，细读《潘金莲》发现，在李雪莲上访告状的显性情节背后，始终涌动着一股“反讽性叙事暗流”，使作品的人物和主旨呈现出复义性特征。

人物是小说的核心要素，弗吉尼亚·伍尔夫说：“好的小说的基础不是别的，而是人物的创造……如果人物是活的，小说就有希望，反之，小说就注定被人遗忘。伟大的作家都是使我们通过某个人物去看他所要我们看到的事物。”以此标准衡量《潘金莲》，无疑是一部“好小说”，因为它的主要人物李雪莲是立体的、生动的，其命运遭际令人唏嘘感叹。那么，李雪莲究竟是什么样的人？具有怎样的性格特征、情感诉求和心理动机？

在显性叙事进程中，李雪莲要强、能干，做事麻利，处事果断，不畏官，不畏权，具有鲜明的法律意识和锲而不舍的“求

①陈晓明：《反抗危机：论“新写实”》，《文学评论》1993 年第 2 期。

②陈振华：《中国新时期小说反讽叙事论》，博士学位论文，山东师范大学，2006，第 12 页。

真”精神,如同《秋菊打官司》中的秋菊一般质朴、坚韧;但从隐性叙事进程看,李雪莲的“官司”跟秋菊的“官司”完全是两码事,她二十年的上访、告状既是法盲的无理取闹,也是一个刁蛮、自私、颇有心计、善于说谎的女人的可笑表演与可悲挣扎。

让我们从文本细读入手。

二十年前,李雪莲为了生二胎与丈夫秦玉河假离婚,半年后,假离婚成了真离婚,对前夫唯有杀之才解恨。但看厕所妇女的一席话让她恍然大悟:如其让人“死”,不如让人“活受罪”更解恨,于是改“杀人”为“折腾人”,“折腾人”的方式是“告状”,由此开始了她长达二十年锲而不舍的告状生涯。这是故事的开端——李雪莲告状的缘由,也是文本的显性情节。其隐性叙事进程是:为了满足个人欲望(生二胎),李雪莲串通丈夫以法律手段欺骗政府(假离婚),事与愿违后,先以上吊威逼弟弟、再以姿色诱惑胡屠夫帮她杀掉前夫。表面看,她告状“是为了颠倒事里被颠倒的理”,真正目的是“闹他个天翻地覆,闹他个妻离子散”。足见他们夫妻之间薄情寡恩,秦玉河固然是个“不通人性”的“浑不吝”,李雪莲又何尝不是狠角色?吊诡的是,此前她以法律方式欺骗政府,现在却希望政府支持她“折腾人”,或者说要求法律赋予她“折腾人”的权力,而这一切的出发点都是一己之私和个人欲望。在李雪莲这里，判断是非的标准不是法律、常理，也不是人伦情感，更不是站在他人立场上的反思和考量，而是一己之私，凡利于己的就是正确的，凡不利于己的就是错误的。于是，所有不替她说话的官员都是“贪赃枉法”的“贪官污吏”，都得杀之而后快。李雪莲善于说谎，而且每次都把谎话说得跟真的一样。正如民政助理老古对她的质问：“去年离婚时，秦玉河倒没说啥，就你的话多。我问你们为啥离婚，你口口声声说，你们感情破裂。当初破裂，现在又不破裂了？”明明是到北京告状，却对赵大头说：“我去东北看俺姑，回来路过北京，看你来了。”与此时赵大头的实诚厚道比起来，更显得李雪莲的老于世故、工于算计。

有一个细节特别意味深长。李雪莲到北京后留宿赵大头处，深夜，赵大头面对年少时暗恋的人，春心荡漾，辗转难眠，在她床前磨蹭良久，欲行不轨之事，但终究不敢造次，李雪莲对此事却心知肚明，三次直告赵大头“该干吗干吗”，“让你干你不干，你可别后悔”，“现在还来得及”，虽然这是李雪莲为还赵大头款待之情的无奈之举，但丝毫看不到她做此选择时的犹疑和痛苦，反倒有些心甘情愿、迫不及待的意味。再联系她此前跟屠夫老胡说话时特地换新衣服、抹香脂、打腮红，“不经意”地“抹一下老胡的胸脯”、“拍着老胡粗壮的胳膊”等细节，我们不得不说：李雪莲虽不是“潘金莲”，但也并非一朵纯洁高雅的“雪莲”。更耐人寻味的是,这股叙事暗流与二十年后赵大头以“性”诱骗她的叙事高潮形成前后呼应、彼此映衬之势。赵大头之所以能够顺利得手,与李雪莲隐秘的性欲望应该不无关联,正是基于二十年前的“经验”,赵大头的“美男计”才能顺利实施。只不过此时的赵大头比李雪莲更有心计、更会演戏。李雪莲被她最信任的人坑了,她的贞洁、尊严被彻底蹂躏和践踏。二十年前她欺骗赵大头,二十年后赵大头欺骗她,他们的思维方式、行为方式都是一样的。作为最悲情的主人公,李雪莲的遭遇是否在二十年前就已经埋下了伏笔?为了一己私利,欺瞒哄骗,精于算计,人与人之间没有起码的真诚和信任,年少时的纯真、善良早已在浊世的泥沼中腐蚀变质。

李雪莲们以“欺骗”作为生活常态、处事法宝和谋利手段,天长日久,“真话”也被认为是“假话”。当“做假”成为一种行动、生活的形态与方式,如同空气和水一样不可或缺时,在此语境中却要“求真”,无异于“拽着自己的头发离开地球”,何况这所谓的“真”归根到底还是“假”!她实在是“亲手造了独头茧,将自己裹在里面”。这不是形而上意义的人生悖论,而是人性中自私、唯我、唯利等污秽成分膨胀繁殖,最终自我伤害、自我吞噬、自我毁灭的恶性循环所导致的荒诞性生存困境。照常理,李雪莲的遭遇会很让人同情,但读者却无法与她达成情感共振，反倒觉得啼笑皆非，这正是隐性叙事进程创造的审美玄机和艺术张力。

因李雪莲告状，牵连出荀正义、董宪法、史为民、蔡富邦、储清廉等一大批官员被撤职。是因为他们贪赃枉法或懒政渎职吗？是又不是。在显性叙事进程中，一位国家领导人在该省人大代表小组讨论期间就李雪莲告状事件，严正指责一些官员“喝着劳动人民的血，又骑到劳动人民头上作威作福”，其言辞之激烈、感情之愤慨、气场之强大、站位之高远、为人民谋福祉的强烈责任感，无不令人动容感佩。然而，在《附录》这一隐性叙事进程中却显示：如此庄严、隆重、关乎众多官员仕途命运、理想信念的激情演讲却不过是首长为打发时间即兴而为的一个小插曲，是高层领导展示自己身份地位、威仪权势的“临场秀”。省长储清廉被首长训话后，反复思量，认定首长专在他升迁省委书记的关口找来碴儿，来者不善，满腔怨怒无处发泄，便将市长等人一并撤职。如此处理，既显示了自己雷厉风行的气魄，又泄了私愤，内心气急败坏，理由却冠冕堂皇。

这是二十年前的官场，在高官们道貌岸然、慷慨陈词、浩荡正气的背后，涌动的是曲里拐弯的算计、小心谨慎的防范和幽微晦暗的猜忌。官场的表象与现实之间南辕北辙，多数的要角过着心口不一的双面生活，职业操守不过是装腔作势，

“做戏”之于他们如此得心应手,正是鲁迅所谓的善于“做戏的虚无党”。

二十年后的官场更加急功近利,更加唯利是图。从市长、县长,到法院院长等一干人之所以能被一个农村妇女拿捏,多次屈尊俯就与李雪莲周旋,目的只有一个:稳住李雪莲,不让她在全国人大代表大会期间上访告状,从而确保自己仕途顺畅。只要李雪莲没去告状,或者说没有影响到各级公职人员的仕途,她的死活无关紧要。李雪莲闻听前夫秦玉河的死讯后,一头栽倒在地不省人事,法院派来围堵她的十七个人分组值班,严密看守,“令大家庆幸的是,从中午到晚上,从晚上到第二天清早,从清早到中午,李雪莲一直昏迷不醒”。面对一个一天一夜昏迷不醒的病人,没有人担忧她的性命,反而深感庆幸。秦玉河车祸而死,各级官员喜出望外,“从来没有因为一个人的死,给别人带来这么大的解脱;从来没有因为一个人的死,给别人带来这么大的快乐”。人性中的冷漠、残忍、荒凉等恶的因子一旦与仕途、职权等个人私欲相纠合,无疑会变本加厉、令人发指。比之懒政渎职,这才是更可怕的,因为懒政渎职可以靠各种规章制度进行约束和治理,进而很快得到改善。悲悯情怀、仁爱之心的丧失则意味着人之为人的根基的垮塌。“通过把‘权力’与‘反讽’捆绑在一起,刘震云多少解开了人类本性与制度化存在结合一体的秘密。那些习以为常的生活小事，那些凭着本能下意识作出的反应行为，因为它们与权力构成的暧昧关系而显得滑稽可笑。”①乱至上作，如果一个社会的各级官员蝇营狗苟的是自己的官位、仕途、私利，以履行职责的“正当”的名义掩盖自己卑鄙龌龊的真面目，对整个社会的文化生态、世道人心的污染之大不言而喻。

很多研究者都注意到刘震云作品的人物姓名所携带的丰富文化信息与强烈反讽意味，“人名往往与其所代表的人物形象背道而驰，不是‘名副其实’，而是名‘不副其实’，在矛盾与悖反中传达出浓厚的反讽意味”。这在《潘金莲》中也是显而易见的，这种以“所指对能指的语意颠覆”为基本特征的语言反讽于刘震云而言，自是轻车熟路，但这是初级层面的，更具艺术能量的是如上所述的场景、情节、细节，以及人物的外在表演与内在心理的龃龉等无处不在的反讽景观所形成的“反讽性叙事暗流”，不动声色地抵达了幽微晦暗、尘垢堆积的人性角落，使作品超越了对官场、权力批判的窠臼，赋予上访告状这一俗旧题材深长的意蕴，建构起文本新的意义世界。

三、琐碎离题的细节与人物形成的“反讽性叙事暗流”

申丹在讨论叙事的隐性进程时，特别提醒要关注显性情

①陈晓明：《反抗危机：论“新写实”》，《文学评论》1993年第2期。

节之外的琐碎离题的细节与人物，它们在阅读时常常被忽略掉，但“对于情节发展来说，看上去无关紧要甚或多余的文本成分，在隐性进程中有可能十分重要”。在《潘金莲》中，一些琐碎离题的细节与人物确实内蕴丰厚、耐人寻味。如看厕所的女人与守桃林的男人，晁家兄弟打官司、赖小毛请客等。

看厕所的女人与看桃林的男人在李雪莲二十年告状生涯中至关重要，他们分别开启、终结了李雪莲的“告状伟业”。李雪莲如此“波澜壮阔”的“告状事业”启动得“简单”，结束得“滑稽”，这种深藏不露的“戏剧性”反讽加深并拓展了作品的反讽力度，形成作品特有的思想和艺术张力。

当初，李雪莲抱着两个月大的女儿到化肥厂找前夫秦玉河，得知他早已逃之夭夭，气急败坏，一巴掌把女儿扇得憋了气。看厕所的妇女见她打孩子，跳着脚急了：

“啥意思？我跟你可没仇。”

李雪莲倒一愣：

“啥意思？”

看厕所的妇女：

“你要打孩子，别处打去。孩子这么小，哪里经得住你这么打？你把孩子打死了没事，大家知道这里死过人，谁还来这里上厕所呀？”

二十年后，李雪莲告状成了笑话，心灰意冷，决意寻死，来到郊外桃林上吊，被守桃林的男人救下。男人救她不是急公好义、解人危难，而是担心李雪莲的死让他的桃林沾染晦气，影响自家收入：

“大姐，咱俩没仇哇，你不该这么害我！”

李雪莲有些不解：

“我死我的，碍着你啥了？”

中年男人又急了：

“你说得轻巧，这块桃林，是我承包的。一到秋天，桃儿哪里还值钱，主要靠城里的人来采摘，没看到山坡下有“采摘园”的牌子吗？大家要知道这里吊死过人，谁还会来呢？”

…………

那人指指对面的山坡：

“你要真想死，也帮我做件好事，去对面山坡上，那里也是桃林，花也都开着，那是老曹承包的，他跟我是对头。”

“厕所”是刘震云小说的常见意象，通常意味着肮脏、鄙陋、粗俗、混乱，“刘震云善于借助厕所意象展开故事，推动情节，激发高潮，也善于借助‘厕所’意象揶揄嘲讽，表现自己对权力和人性的批判意识”。看厕所女人和守桃林男人的行为逻辑如出一辙：别人的死活与我无关，前提是不能影响“我”的利益。如果说“厕所”是一个藏污纳垢的肮脏之地，看厕所的女人低俗恶劣可以理解，那么桃林呢？“桃花源”这一理想国、乌托邦等美好意象的表征，其守护人跟看厕所的女人毫无二致——“损人利己”是他们的当然选择。

晁家兄弟打官司与核心情节李雪莲告状本无关系，只因为都发生在法院，刘震云在写李雪莲第二次到法院告状前，宕开一笔，极其巧妙自然地插入了晁家兄弟因财产纠纷对簿公堂、胡搅蛮缠，甚至大打出手的场景，活画出这对父母早亡、曾经相依为命的哥俩见利忘义、自私乖张的丑陋嘴脸。拐弯镇镇长赖小毛本是横行乡里、张口骂人、举手打人的泼皮无赖，却在李雪莲面前伏低做小，极尽阿谀谄媚之能事，何也？就是为了保住自己的乌纱帽。刘震云不惜笔墨，从语言、表情、行为多角度、全方位、淋漓尽致地呈现赖小毛如何巧言令色、见风使舵、蒙哄诱骗，这个集泼皮无赖、骗子流氓、变色龙于一身的丑陋小人，在中国乡村政体中并不少见，他们往往如鱼得水，为所欲为，白道黑道通吃，人话鬼话捻熟。

这些旁逸斜出的细节和一晃而逝的人物，本质上是鲜活深刻的世情白描，既是推动主要情节发展的动力因素，更是主要情节得以展开的现实语境和主要人物行为逻辑的社会基础，看似信手拈来，实则匠心独运，具有重要的美学功能。

四、结语

卢梭说:“我觉得人类各种知识中,最有用而又最不完备的,就是关于‘人’的知识。”①剥去了那些具有鲜明历史性的具体问题,或者说当文学作品中的“政治问题”“社会问题”不再成为问题时,对人性的思考和探析正是其恒久魅力之所在。在《潘金莲》中,刘震云巧借一桩离奇的上访案,不仅反思了“信访制度”这一“中国治理”模式的体制弊端,揭批了中国官场的怪异生态,更以此烛照从民间到官场各色人等晦暗、隐秘的人性密码,从个体心理到集体无意识,全面审视整体溃败的社会精神生态和时代精神病灶。在“问题小说”“官场小说”的表象之下,刘震云探寻的是导致人类荒诞性生存困境的人性渊薮,以睿智的反讽和尖锐的黑色幽默表达强烈的批评精神和深切的人文关怀。

反讽是一个优秀作家最基本的精神姿态,也是伟大的文学作品最重要的精神品质之一。《潘金莲》通过精心营构“隐性叙事”这一巧妙的叙述机制,形成弥漫全篇的“反讽性叙事暗流,”不仅使人物形象更立体,性格更复杂,更赋予了作品宽

---

①卢梭:《论人类不平等的起源和基础》,李山译,商务印书馆,1997,第62页。

广的阐释空间和丰富的思想意蕴。给我们的启示是:解读那些由一明一暗双重叙事运动构成的文本,不仅要关注显性情节运动,更要积极探索情节后面的隐性进程,从而更全面、准确地揭示叙事作品的思想内涵与审美价值。

史诗时代的史诗书写

——论何建明报告文学的思想价值与美学品格

作为一名报告文学作家，何建明曾三次获“鲁迅文学奖”、五次获中宣部“五个一工程”奖，八部作品被改编为影视剧，连续5次入选党代会“献礼书”，说他创造了报告文学的奇迹，一点儿也不夸张。这些作品甫一问世，就产生了强烈的社会反响，成为一个时期的文学热点，并直接作用于现实社会，产生积极而巨大的社会效益和文学价值。习近平总书记说：“改革开放近40年来，我们党领导人民所进行的奋斗，推动我国社会发生了全方位变革，这在中华民族发展史上是前所未有的，在人类发展史上也是绝无仅有的。面对这种史诗般的变化，我们有责任写出中华民族新史诗。”①在笔者看来，“中

①习近平：《在中国文联十大、中国作协九大开幕式上的讲话》，人民文学出版社，2016，第7-8页。

华民族新史诗不是一个'文类'或'题材'概念,而毋宁是一种价值导向和品格追求。它聚焦中国人民恢宏独特的实践创新,弘扬以爱国主义为核心的民族精神和以创新精神为核心的时代精神,形成中华民族独特的精神标识,传达真挚深厚的民族情感,建构真醇美善的中华美学"①。何建明是这个史诗时代当之无愧的激情歌者,他以丰赡、厚重、精彩的报告文学作品书写了史诗时代的恢宏史诗。

一、价值追求:把握时代精神,承担时代使命

何建明的文学创作与始终中国改革开放的伟大实践同脉相连,同命相牵,他自觉把艺术理想融入党和人民的事业之中,努力把握时代精神,主动承担时代使命,"做到胸中有大义,心里有人民,肩头有责任"。他的作品题材广泛,视野开阔,站位高远。从对贫困大学生的关注到对中国高等教育的思考,从对矿山滥采滥伐造成的生态灾难的大胆揭示到天津大爆炸现场纪实;从三峡移民工程、台州农民革命风暴到余村和安吉对习近平总书记"两山"思想的伟大实践;从中国对外开放的划时代事件到利比亚撤侨的外交壮举;从"红岩"历史

①沈文慧:《写作与时代同频共振》,《文艺报》2017年10月13日。

人物的真实讲述到对南京大屠杀的深沉思考，从焦三牛这个普通大学毕业生扎根西部、报效祖国的生动叙述，到对余秋里、梁雨润等优秀共产党人的倾情礼赞……纵观何建明的报告文学，涉及历史与现实、内政与外交、物质与精神、城市与农村、经济发展与生态文明、灾难现场与幸福家园、党的建设与干部培养、辉煌成就与尖锐问题，等等。举凡关涉我国社会主义现代化强国建设中的政治、经济、文化、社会、生态诸方面的重大问题，几乎都有深入观察、深度思考和深刻呈现。还没有哪一位报告文学作家有如此宏阔的视野、如此巨大的艺术创造力、如此全面立体地书写中国人民改革开放 40 年来的伟大历史实践。他用永不懈怠的激情讴歌中华民族的伟大复兴，书写党领导人民所进行的一场震古烁今的伟大事业。

20 世纪 90 年代，我国改革开放深入推进，市场经济在为经济社会带来巨大活力的同时，也带来了金钱崇拜、贪欲膨胀、钱权勾结、腐败蔓延等一系列严重问题。何建明敏锐发现问题，勇敢直面矛盾，于 2002 年推出长篇报告文学《根本利益》，真实生动地讲述了山西省运城市纪检委副书记梁雨润，克服重重障碍，刚正不阿，与恶势力不屈斗争，一心为百姓排忧解难的先进事迹，塑造了一个“真正代表广大人民群众最根本利益”的优秀共产党员形象。同时，也深入揭示了我国基层政权中存在的司法腐败、以权谋私、欺压百姓等丑恶现象，严厉抨击了部分领导干部身上的形式主义、官僚主义、享乐主义和奢靡之风，沉痛指出党群关系紧张、官民关系对立、人民对国家政权失去信任的严峻事实，如不及时、坚决制止，共产党将面临严重的执政危机。同样出于对20世纪90年代以来愈演愈烈的物化社会现实及共产党自身建设状况的深沉忧虑，何建明把探寻的目光投向惨烈的“红岩”历史，在建党90周年之际，推出历史题材报告文学《忠诚与背叛——告诉你一个真实的红岩》，作品以丰富的史料，大量鲜为人知的细节、情节和故事，挖掘出小说《红岩》中众多人物的真实生活原型，再现了一大批共产党人在极其险恶的环境中艰苦卓绝的斗争生活，深刻揭示了共产党人保持坚定理想信念的重要性。何建明说“这是一部忧党之作”，“我想通过这部作品反映的内容和精神实质，来提醒我们党内的同志和我们普通的公民都应当有一个意识。就是今天我们的党、我们的国家、我们的人民、我们的民族如此繁荣强盛，是来之不易的，我们是否还有内心的那份强大，还有那份革命烈士对党的赤胆忠诚”。《根本利益》《忠诚与背叛》分别被推选为党的十五大、十八大献礼之作，至今依然具有强大的现实意义和价值引领作用。党的十八大以来，中国共产党以壮士断腕、刮骨疗毒的决心，全面从严治党，坚决改变管党治党宽松软状况，习近平总书记在党的十九大报告中指出：“全面净化党内政治生态，坚决纠正各种不正之风，以零容忍态度惩治腐败，不断增强党自我净化、自我完善、自我革新、自我提高的能力，始终保持党同人民群众的血肉联系。”

在忧虑、思考现实问题的同时，何建明也在关注中国人民在社会主义现代化建设中取得的宏伟成就和凝聚而成的伟大民族精神。三峡工程是世界上规模最大的水电工程，从 1992 年获得全国人民代表大会批准建设到 2009 年全部完工，历时 17 年。何建明聚焦百万三峡移民，因为很多国家正拭目以待中国如何解决这个世界级难题。为此，他三下库区，跋山涉水，辗转数省，足迹遍布整个三峡库区，伏案数月，于 2008 年推出了书写三峡百万移民工程的史诗篇章《国家行动》。全书通过一个个真情故事、移民家庭的悲欢离合、各种矛盾冲突，着力表现移民干部为三峡工程呕心沥血、大公无私的奉献精神，以及广大移民“舍小家、为大家”的高尚情操。大庆精神，产生于 20 世纪 60 年代初举世闻名的大庆石油会战，是中华民族精神的重要组成部分。其核心是为国争光、为民族争气的爱国主义精神，独立自主、自力更生的艰苦创业精神，胸怀全局、为国分忧的奉献精神。无论过去、现在，还是将来，大庆精神都是激励中国人民朝着实现中华民族伟大复兴的宏伟目标奋勇前进的强大精神动力。但是，随着时间的流逝和物质生活条件的极大改善，大庆精神在人们心中逐渐淡化、远离,许多年轻人对那段艰苦的奋斗史不知晓、不理解。在此背景下,何建明推出长篇报告文学《部长与国家》,以波澜壮阔的笔触书写当年“独臂将军”余秋里出任石油部长,带领五万大军在环境极度艰苦的松辽平原进行石油会战的传奇故事,再次彰显了大庆精神的丰厚内涵和巨大现实意义。

2008 年,中国改革开放 30 年之际,何建明推出报告文学《农民革命风暴》,书写了比安徽小岗村更早的中国农民分田到户大承包的真正发源地——浙江台州皂树村及周边几个乡村,当年冒着极大政治风险进行分田到户搞承包的史实。专家们认为,这部作品改写了中国农村改革开放的历史,具有重要的历史价值,为广大读者提供一个了解当年改革开放所经历的激烈斗争和严酷现实的重要文本。作品同时展示了中国农民为了改变自身命运和寻找生存出路所体现的巨大勇气与卓越智慧,热情讴歌了台州农民敢为天下先的开拓创新精神,这种智慧和精神正是我们中华民族伟大复兴的力量源泉。2017 年 9 月出版的《那山,那水》是习近平总书记“两山”思想的文学解读,生动讲述了余村人民在“两山”思想指引下,转变发展理念,奋斗十余年,在余村和安吉大地上发生的前所未有的史诗性巨变,热情讴歌国家大力推进生态文明建设,推动中国绿色发展取得的辉煌成就,展示了中国农村现代化进程中宏大而独特的实践探索和理论创新。

四十年来,何建明始终站在时代前沿,时刻关注最重要的社会领域、最敏感的生活现象和最为公众瞩目的人物事件。何建明说:“作为一名写了40年报告文学的作家,我几乎涉猎过所有中国改革开放以来有关国家和时代进步的大事件,也走了许多地方,目睹和亲自记录下了许多精彩的中国故事。”他认为,报告文学作家一定要有普通劳动者的情怀,唯其如此,才能深入生活、扎根人民,才能对人民的喜怒哀乐、希望梦想感同身受,才能深切观照人民的生活、命运、情感,真切表达人民的心愿、心声、心情。高高在上、不可一世或者把自己关在象牙塔中孤芳自赏、顾影自怜都是以“自我为中心”,都与以“人民为中心”的创作导向背道而驰。“只有把国家的最高利益和人民利益联系起来,为党写为老百姓写,站在百姓立场上写,作品才有生命力。”在何建明这里,文学绝不是个人主义的风花雪月,也不是遗世高蹈的冥思玄想,更不是追名逐利的工具手段,而是建构中国形象、弘扬中国精神、凝聚中国力量的壮美事业,是用文字谱写的与时代同频共振的辉煌乐章。

二、思想追求:用理性照亮历史与现实

“文以载道”是中国古典诗学最宝贵的遗产,早在2000多年前,孔子就用“兴、观、群、怨”四个字高度概括诗歌的社会

功能和审美价值，杜甫感慨“文章千古事，得失寸心知”，曹丕更明确地说，“文章，乃经国之大业，不朽之盛事”。近现代以来，梁启超、鲁迅等启蒙思想家、文学家积极倡导文学的社会功能和思想价值，鲁迅先生说：“文艺是国民精神所发的火光，同时也是引导国民精神的前途的灯火。”习近平总书记高度肯定文艺的社会价值：“在人类发展的每一个重大历史关头，文艺都能发时代之先声、开社会之先风、启智慧之先河，成为时代变迁和社会变革的先导。”①何建明报告文学特别注重文学的思想性和精神价值。他坚信：“任何时候，文学和文化核心的价值都在于它的精神价值、思想价值和未来价值，它有引领人民心灵和情感的作用。”在他看来，经典报告文学必须具有独特的时代意义和思想价值，发现和引领才是真正的文学光芒。这种高品位的思想追求贯穿了何建明报告文学创作的全过程，他的每一部作品都不仅仅是为了讲述惊心动魄、跌宕起伏的故事，更不会流于生活表层的浅显纪实，而是对现实生活的深刻提炼，从最真实的生活出发，从平凡中发现伟大，从质朴中发现崇高，从现象中发现本质和规律，用文学的力量温暖人、鼓舞人、启迪人。

南京大屠杀是中华民族永久的切肤之痛，铭记历史，反思

---

①习近平：《在中国文联十大、中国作协九大开幕式的讲话》，《人民日报》2016 年 12 月 1 日。

历史,不仅是历史学家的工作,也是有良知、有正义感的作家的神圣职责。在纪念抗战胜利七十周年之际,何建明推出了《南京大屠杀全纪实》,评论家认为这“是一部提醒国人勿忘历史、警醒中华民族发愤自强的厚重之作”,“是一部带着历史理性光芒的报告文学”。作品不仅如实记录下历史的惨烈和悲恸,呈现日本侵略者的残暴酷虐与灭绝人性,更是对这场人类浩劫的深刻反思,借以唤醒中华民族沉重的集体记忆。作品最后的“十问国人”尖锐锋利,发人深省,这些追问和反思基于历史,对接现实,着眼未来,体现出强大的思想力量和深广的民族忧思。早期作品“中国教育三部曲”(《落泪是金》《中国高考报告》《恐惧无爱》)直面蓬勃发展的中国高等教育中存在的问题与不足,以强烈的人文情怀和社会责任感为弱势群体呼吁呐喊,以大量真实人物鲜活的生活经历和真实的生存状态反思国人思想中对教育的狭隘认知和错误观念,表达了对中国教育现状、教育制度、教育观念的深度思考。2004年出版的《共和国告急》是第一部揭露中国矿难内幕的滴血报告,作品通过一幕幕骇人听闻的矿难场景,一组组令人发指的死亡数字,一桩桩鲜为人知的地下交易,深刻审视人类无限的贪欲和自然有限的资源之间的尖锐矛盾,将惨烈的矿难上升到关乎国家前途命运的高度。其思考的深度抵达了物欲时代人性异化的现代性命题,也前瞻性地提出了节约资源、保护地球生态、建构人与自然和谐共生的新型发展理念。

2017 年 7 月,电影《战狼 2》的火爆再次掀起了全社会对长篇报告文学《国家》的高度关注。作品叙述的是中国有史以来规模最大、难度最大的海外撤侨营救行动。短短 12 天,从战乱中的利比亚奇迹般撤离侨民三万五千多人。为了普通公民的安危——外交部、国资委、公安部、安全部、商务部、交通运输部、农业部、海关总署、国家质检总局、民航局、解放军总参谋部协同作战。何建明以荡气回肠的笔触倾情书写了这个值得铭刻史册的大事件,向全世界昭示了中国人民在强大综合国力基础上的自信、自强精神,是“东方巨龙的又一次精彩亮相”,作品是“中国力量”“中国速度”和“社会主义制度的优越性”最好证明,生动诠释了“以人为本”“人民的利益至上”“人民的生命至上”的“国家最高目标”。评论认为,这是一部“从‘国家叙事’层面上塑造一个民族一个国家的文学形象的高立意、大格局、大气魄的优秀作品”。《那山,那水》写的虽然是一个小山村的农民告别传统生产方式、建设美丽乡村和幸福家园的故事,着眼的却是中国特色社会主义现代化建设的理念更新和社会经济生产方式的转型,生动诠释了习近平总书记“绿水青山就是金山银山”的深刻内涵,及其引领美丽中国建设的强大生命力。“两山思想”是以习近平为核心的新一代中国共产党人为解决人类问题贡献的中国智慧和中国方案，是中国特色社会主义伟大实践对人类文明的卓越贡献。《那山，那水》以巨大的思想穿透力和敏锐的时代感知力抒写“中国时代”，讴歌“中国时代”，不仅正当其时，且意义深远。

文学以具象呈现抽象，以艺术形象之美表现思想内涵之美，因此，优秀的作家一定是位思想家，伟大作家一定有深厚的哲学素养。一方面，何建明具有深厚的哲学素养和敏锐的问题意识，另一方面，他又具有浓烈的家国情怀和责任感、使命感。所有这些，造就了他的“火眼金睛”，赋予他大格局、大视野、大胸怀，使他能够洞察被纷繁复杂的生活表象所掩盖的本色与本质，广泛、深刻地反映时代的生存状态和精神追求，形成作品丰赡厚重的思想意蕴。

三、美学追求：以优美的形式讲述精彩的中国故事

别林斯基说：“艺术必须首先是艺术，然后才能是社会精神和倾向在特定时期中的表现，不管一首诗充满着怎样美好的思想，不管它多么强烈地反映着现实问题，可是如果里面没有诗，那么，它也就不能够包含美好的思想和任何问题，我们

所能看到的充其量不过是执行得很坏的美好的企图而已。”①文质兼美是优秀作品的基本标准,“文”即文学性、艺术性,“质”即思想性、精神性,二者必须相辅相成,有“文”无“质”浮华空洞,有“质”无“文”生硬粗糙。何建明报告文学强大的感召力和影响力除了源于作品鲜明的时代特色和深刻的思想意蕴外,还在于优美的文体形式所形成的艺术特质。作为当代中国最优秀的报告文学作家,何建明对报告文学充满了挚爱和激情,因为报告文学的真实性、现场性、及时性特征,决定了这种文体与现实社会生活最紧密的联系。在他看来,报告文学是讲好中国故事最直接、最合适的文体。多年来,他孜孜以求,努力探索以“以优美的文体讲述精彩的中国故事”。

众所周知,“写什么”与“怎么写”是文学创作的两大永恒难题,对于报告文学而言,“怎么写”更耗心力,当然,也是决定作品艺术水准高下的核心和关键。因为“写什么”可以通过持久深入的观察思考、调查采访、查阅资料等方式获得,只要不辞辛劳、坚持不懈,下足了“笨功夫”和“苦功夫”,总会找到精彩故事、丰富素材甚至奇妙的细节、生动的人物;但这些仅仅是原始的素材,如何将这些庞杂、无序、琐碎、凌乱的素材,经过辨析、甄别、归纳、提炼、增删等复杂的艺术处理,使之

①别林斯基:《一八四七年俄国文学一瞥》,《别林斯基选集》(第2卷)满涛译,时代出版社,1953,第414-415页。

成为自足性的艺术作品,才是最见功力、最费心机的。如同一堆五彩丝线,千头万绪、纠结缠绕,只有经过高明织工的妙手编织,才能变成风情万种的华美锦缎。如何布局经纬、如何设计图案、如何搭配色彩、如何勾勒细节,从整体到局部、从宏观到微观,必须步步精心,丝丝入扣。

何建明的报告文学通常是重大题材,篇幅长、体量大,首先考验的是作者对文本结构的整体把控能力。对于长篇叙事文学而言,结构是“上层建筑”,是表现生活的组织手段,是现实生活在作者头脑中的反映,其基础是作品所反映的现实生活。如果说主旨是文章的灵魂,材料是文章的血肉,那么,结构就是文章的骨骼。日本作家小林多喜二曾说:“正如‘结构’两个字的字面含义同盖房子一样,不管你的材料多么优良,不管你的目的多么高尚,如果盖得不好,摇摇晃晃,结果是毫无用场的。”对此,何建明有清醒认识,他精心经营每一部作品的结构,使之既体现事物本身的内在联系和客观规律,又服务于主旨表达的需要,呈现严谨、自然、完整、统一的美学特征。如《落泪是金》除引子外,共十九章,分成四部,依次是:失泪大学城、生存自救歌、感受阳光与挚爱、中国大学“希望工程”咏叹。逻辑思路是:呈现问题—解决问题(由自救到社会救助)—反思及展望。整部作品结构严谨周密、自然从容,且韵味深长。具有同样美学意蕴的是《国家行动》的结构安排,全书除引子、后记外，共五章，依次是：至高决策、热土家园、世界第一难、倒计时开始、走出峡江。从高层决策到百姓悲欢、从移民之难到克服一切困难完成移民任务，起承转合自然妥帖，支脉贯通，引子“从容步履”与第五章“走出峡江”首尾呼应，圆融完整，如同一支大气磅礴的交响乐，荡气回肠，流畅和谐。《根本利益》按照“依事而述”“事系于人”的中国古典叙事传统安排材料、组织结构，通过不同角度、众多事件体现主人公梁雨润的精神境界和思想品质，塑造了人物，突出了主旨。《那山，那水》则采取了移步换景、散点透视的结构方式，全方位、多角度呈现余村人在习近平总书记“两山理论”指导下走绿色发展之路、建设美丽乡村的当代传奇。《国家》则娴熟运用蒙太奇结构思维，叙事焦点在中国外交部、国资委、公安部、海关总署、民航局、解放军总参谋部，以及利比亚、突尼斯、马耳他、希腊、大海、沙漠等广阔时空中自由切换。平行蒙太奇使多条线索同时展开，增加叙事容量；交叉蒙太奇则是渲染气氛、烘托情感的绝佳手段。总之，何建明报告文学的结构是灵活多变的，但万变不离其宗，那就是寻找最利于主旨表达需要的结构，为整部作品搭建坚实的总体框架，形成有机的叙事整体。

除了精心营造结构外，何建明也特别注重人物塑造、场景描述和细节呈现。如果说结构是文章的骨架，人物、场景、细节则是肌质,是一个生气灌注的文本不可或缺的要素。当然,这一切都奠基在“真实”的基础之上,反之,对人物、场景、细节的真实呈现,也是确保报告文学真实性的不二法门,离开了真实性,报告文学的文体意义即是“空无”。这些问题,学界已做了充分阐释,此不赘述。

我想特别强调的是何建明报告文学中一个显著却不太被关注的艺术特质——叙事主体的积极介入。与一些刻意追求“零度叙事”的非虚构写作不同,何建明的报告文学总是洋溢着澎湃的激情、严谨的思辨、精辟的论析,当然也不乏尖锐的抨击和热情的赞颂。叙事主体始终在场,他毫无保留地向读者袒露自己的心声、心情、心愿,充分表达自己的思想、情感、爱憎,这样处理的好处是显而易见的,那就是以自己的情感、思想感染和影响读者,将自己的价值观念、对世界的认知、判断传导给读者,更利于读者与作者达成思想共识,形成情感共鸣,从而增强作品的艺术感染力。如《国家》的题记:“如果离开了自己的国家,你还会有什么?如果没有了自己的人民,国能是什么样?”《那山,那水》的“写在前面”:“仅仅十二年的时间,余村从山到水、从空气到百姓的生活,再到每一颗人心,都发生了翻天覆地的变化:每一寸土地更加金贵,每一滴水更加清纯,每一个人更加快乐幸福。在习近平当年高瞻远瞩的‘绿水青山就是金山银山’思想引领下,整个安吉、整个浙江大地已建成了百个、千个像余村甚至比余村更美、更富有的村庄。如今,它们正以自己各具特色的美丽、和谐、文明和现代,装点着一个伟大而全新的时代……”这些深刻独到的议论性文字,置于叙事展开之前,言简意赅、高屋建瓴,既点明了题旨,又提纲挈领、统领全篇。《忠诚与背叛》的每一章前面都提出几个问题:“为什么当时的重庆地下党中职务越高的领导干部被敌人逮捕后当叛徒比谁都当得快,而且还有几个后来成为丧心病狂残害革命者的特务?……为什么这座埋葬了无数花一般青春生命和谱写了那么多悲怆故事的山竟然会叫歌乐山?为什么这片被汽油和弹药烧焦了的灰崖竟然会被看作‘红岩’的象征之一?”这些沉甸甸的“为什么”既体现了作家对历史的深度反思,也启发和引领读者进入历史现场,去思考、探索和发现被各种表象遮蔽和隐藏的事实真相,同时也为即将展开的叙事设置悬念、埋下伏笔,增强了叙事张力。很多时候,何建明会把自己充分融入叙事进程,在展开情节、勾勒人物、描述场景和细节的同时,充分展现自己面对各种人物、场景、情节时的所思所感,如情绪的起伏变化、感情的喜怒哀乐、理智的思考探寻等。这是作家与写作对象之间的深度交流和对话,同时也将读者带入叙事现场,实现了作者、读者、作品三者之间的多向交流,思想和情感的信息在多维心灵空间撞击回响,在充分体现叙事真实性的同时,产生强烈的艺术感染力。

当然,叙事主体的介入需要把握合适的"度",所有抒情、议论都必须建立在扎实的叙事基础上,否则就有可能陷入矫揉造作、虚张声势或"过度阐释"的危险,引起读者心理和情感的拒斥。

卢卡契在探讨现实主义的伟大标准时说:"形式不过是最高的抽象,是简练地表达内容并把它的安排推向最高潮的最高方式。"这于报告文学同样适用。其实,无论是对结构的精心营造,还是对人物、场景、细节的生动呈现,抑或叙事主体的自我袒露和主动介入,都是为了寻找"简练地表达内容并把它的安排推向最高潮的最高方式",以形成作品充沛的艺术魅力。何建明多年来的艺术探索,给如何提升报告文学的艺术魅力提供了启示和经验。

四、结语

四十年来,何建明全力以赴做一件事:讲述中国故事。他说:"这个世界、这个时代和我太紧密了,世界和我命运相连,所以我要不断地写。""我希望自己讲述的故事能够温暖世界,让所有人能感受到中国的崛起对全人类是一种福音。当世界在最危难的时刻,中国是可以在国际大舞台上表现出大国风范、大国情怀,以及大国担当的。"有学者指出:"首先,就其反映的生活的广度来看,它是一种全景式的多方面的呈现;其次,就其反映的生活的深度而言,它是一种沿着现实问题向着历史回溯的纵深的开掘;此外,就其反映生活的力度而言,它往往围绕一个问题多层面、多侧面地展开。凡此种种,都使得何建明的报告文学在反映现实生活方面具有了传统的报告文学所不具备的长处,这既改写了报告文学与现实生活的关系,也使得何建明的报告文学具有某种潜在的史诗品格。"①学界用"国家叙述"来概括何建明报告文学的基本特征,何谓"国家叙述"?通过对何建明报告文学思想价值和美学品格的考察,我们认为其要义有三:一是写作与时代同频共振,题材内容无不关系国家大事,无不关系国计民生;二是以讲述中国故事、建构中国形象、凝聚中国力量、唱响中国旋律、弘扬中国精神为基本价值追求,从国家利益、时代前沿的思想高度上提炼主题,形成特有的精神力度和思想深度;三是以坚定的文化自信、大国情怀和国际化视野进行不懈地艺术创新,形成了具有中国气派和中国风格的报告文学诗学。期待他为这个史诗时代奉献更多精品力作。

---

①高玉、徐勇:《论何建明报告文学的文体学价值与文学史意义》,《当代文坛》2017 年第 3 期。

悬崖峭壁上的千秋功业

——读长篇报告文学《山神》

继引起强烈反响的《那山,那水》之后,2018年初,著名报告文学作家何建明又推出了新作《山神》,讲述"当代愚公"黄大发带领村民历时36年,在千米高的悬崖峭壁上开凿一条长达十多公里的人工"天渠",从此碧水长流,干旱贫瘠的山区面貌得以彻底改变的感人故事。作品发表之后,人们为黄大发永不言弃的精神深深折服,认为这个"中国硬汉"堪比海明威笔下的圣地亚哥。其实,读《山神》,我不只想到《老人与海》中的"硬汉"圣地亚哥,还想到杰克·伦敦的代表作《热爱生命》中的那个濒临死亡、垂死挣扎的淘金者,他凭着顽强的意志与坚忍的毅力,最终战胜饿狼,在荒原中生存下来。尤其想到法国著名导演雅克·贝汉的经典影片《天·地·人》三部曲中的"人"——《喜马拉雅》,想起那个不惧年迈体衰,克服重重困难，勇闯“魔鬼之路”，带领全村人卖掉盐巴换来粮食的雪山部族头领霆雷，他是雪山之子，也是雪山之“神”，最终长眠在雪山的怀抱，与大地山川融为一体。其实，无论是圣地亚哥、淘金者、老头领霆雷等经典艺术形象，还是现实生活中真正的农民英雄黄大发，他们身上都有一种特质：那就是对“人”的主体力量的坚定信念和对困境挫折永不低头的坚忍意志。生命，就是不放弃自己！唯其如此，才能使生命放射出耀眼的光芒，才能在不可能创造奇迹的地方创造奇迹。“永不言弃”是他们共同的精神品质，也是人类得以穿过漫漫长夜不断走向光明的力量之源。鲨鱼、饿狼、雪山、干旱都是人类生存的对抗性力量，从蛮荒的远古到高科技的今天，人类生存的对抗性力量始终存在，只不过存在的方式不同而已，濒临绝境的生死抉择是人类随时都可能会遭遇的现实处境。在此意义上，《山神》与《老人与海》《热爱生命》《喜马拉雅》一样，拥有了形而上的象征意蕴，散发出超越性、恒久性的艺术魅力。

作为当代中国优秀的报告文学作家，何建明对报告文学充满了挚爱和深情，在他看来，报告文学是讲好中国故事最合适的文体，多年来，他孜孜以求，努力探索以“以优美的文体讲述精彩的中国故事”。为了讲好黄大发的故事，何建明对自己提出了新要求：“我写了四十多年报告文学，各种题材的报告文学我都写过，但是在写黄大发这部作品时，我把自己逼到绝路:必须要换一种以前从来没有用过的叙述方法,要寻找适合于这个题材的另一种书写方法,这就是创新和突破。"《山神》确实实现了创新和突破,这种创新和突破不仅是相对于何建明之前的艺术实践而言的,对当代中国的报告文学写作同样具有示范作用。

每一种文体都有相对稳定的审美特征和核心审美要素,但又始终处于流变之中,即不断突破既有文体壁垒,吸纳和借鉴其他文体表现手法,拓展原文体自身的内涵与外延,促进原有文体格局的变化与发展,这种现象就是"文体互渗"。"不同文本体式相互渗透、相互激励,以形成新的结构性力量,更好地表现创作主体丰富而别样的人生经验和情感"①。一般而言,鲜明的文体意识是作家文本艺术思维趋向成熟的标志,它不仅意味着对文体基本特征的规律性认识与自觉运用,也体现在对既有文体规范的突破和创新上。何建明对报告文学的文体特征了然于胸,同时也拥有一定的小说、诗歌、散文创作经验。在《山神》中,他博采众体之长,将小说、散文(散文诗)、民歌民谣有机融入叙事进程,叙事、描写、议论、抒情多种表现手法运用得恰当自然、得心应手,形成了摇曳多姿的审美效果和真挚深沉的艺术张力。

---

①方长安:《现当代文学文体互渗与述史模式反思》,《湘潭大学学报(哲学社会科学版)》2008年第6期。

《山神》的序言部分是典型的散文笔法，描述作者本人跟随黄大发“三上绝命悬崖”的所见所感。何建明“言在此而意在彼”，表面上写的是自己攀岩走渠过程中的紧张、恐惧和怯懦，实际上是以“天渠”之高、之险烘托开渠之艰难万险，“不着一字，尽得风流”。对作者而言，“三上绝命悬崖”更是灵魂的洗涤和精神的朝圣，这是危险之旅，亦是生命之旅，它在创作主体与客体之间架起了情感的桥梁，作家与其书写对象之间建立了父子般的深厚情谊，何建明对黄大发的感情不只是崇仰、敬佩，还有发自内心的爱和怜惜。这是作者与写作对象之间抵达思想和情感深处的交流与对话，是一切非虚构写作得以成功的基础和前提。从叙事角度看，“序”为后文埋下伏笔、设置了悬念；从表意角度看，“序”既点明了创作主旨——“要将这山神用精气砍出的一条天渠的故事告诉世人，让全世界永远记着中国有这样一位山神，他用为人民服务、让人民过上好日子的共产党人的理想和信仰干成了一件前无古人、后无来者的旷世壮举，创造了人间奇迹”，同时奠定了全文低回曲折又昂扬壮美的情感基调，可谓构思巧妙、提纲挈领、意蕴丰厚。第七章结尾部分依然采用散文笔法，兼有诗歌的澎湃激情和铿锵韵律，字里行间洋溢着胜利的喜悦。气势磅礴的排比句、排比段，犀利深刻的设问句、反问句，叙事、议论、抒情的有机融合，多种艺术手段将“英雄赞歌”推进到高潮乐章，进一步凸显和张扬了黄大发精神的时代意义和恒久价值，在思想内涵和艺术形式上都与序言部分遥相呼应，形成首尾圆融的艺术整体感。

作品的重心第一至第六章，则以娴熟的小说笔法处理叙事结构、人物塑造、场景呈现和细节描述，大大提升了作品的精神高度、文化内涵和艺术价值。

结构上，何建明摒弃了“开端—发展—高潮—结局—尾声”的线性叙事逻辑，采用非线性叙事结构，从事件发展的中端落笔，第一章写的是“他者”眼中的黄大发，通过县水利局副局长黄著文回顾他与黄大发之间 40 年来不堪回首的往事和交情，鲜明、立体地呈现了“山神”黄大发的个性特征与精神品格。这种叙事时间与故事时间的“倒错”以醒目方式建构了黄大发的“山神”形象，并为下文故事的进一步展开做了充分铺垫。人物形象“立”起来之后，再按事件发展的自然进程安排叙事逻辑：修渠失败—外出求学（查找原因）—集资立项—大功告成。

黄大发修渠历时 36 年，其间的曲折艰辛惊天地泣鬼神，可歌可泣的素材非常多，恰当选择叙事重点、合理安排简繁详略至关重要，否则就有可能流于波澜不惊、冗长乏味。作者紧紧抓住修渠过程中的五个关键节点，以黄大发誓死修渠的主观意愿和人的主观意愿难以实现的矛盾为基本叙事动力，在复杂尖锐的矛盾冲突(人与自然的矛盾、理想与现实的矛盾、人与人的矛盾、个人与集体的矛盾等)中推进故事,塑造人物。叙事细致绵密,情节跌宕起伏,语言准确凝练,人物生动鲜活,尤其是场景呈现和细节描写深得小说美学之精髓,无不恰当妥帖、韵味深长。这是黄大发去隧道查看“哑炮”的情景:

别动!都给我在原地待着!每逢此时,黄大发的脸总是铁青,看不到一丝笑容。他会把其他人远远地挡在身后,随手用厚棉衣将自己的头颅严严地裹了个结实,便独自朝山洞里走……

不能去啊!危险——大发!

拉住他!快拉住他呀!

这当口,老人喊,女人哭,男人们冲上前……但他们都被黄大发怒斥与呵斥住:“谁敢过来一步!”

所有的人的脚步止了。

所有的人的呼吸停止了,甚至心跳也在顷刻间被强行“停止”……

村民们屏住呼吸,按住胸口,目不转睛地瞅着黄大发的身影走进漆黑的山洞内,直至消失。

没有一点儿声音。山上的鸟儿,草丛里的野鸡,都小心翼翼地伏地原地静候山洞内的每一丝声音……

“轰隆——”山洞里突然传来一声巨响,一股冲鼻的硝烟随即喷出……

大发

黄大发！

支书

黄支书

爆炸声未落，村民们此起彼伏的喊声将爆炸余声掩盖得严严实实。

黄大发终于出声了，我又没有死，你们哭嚷个啥嘛！

他像一根刚入灶门又被弹出来的木树段，全身冒着烟尘，只有两只眼睛在闪动着，出现在村民们面前。

下面这段文字描述的是黄大发从工地下来，为因病去世的女儿处理后事的情景：

他走进家门时眼睛是直的，面部像山岩一样没有一丝表情。村里人见他步子缓缓地走到已经用白布盖住的闺女跟前，沉默许久后，他轻轻地掀开白布，久久地凝视着已经不能像往常一样开口叫他“爸爸”的女儿。他突然跪了下来伸出那双粗糙的手掌，小心地捧起女儿冰冷的两颊，久久地凝视着、凝视着……

两个场景中的黄大发，前者临危不惧、坚定果敢，是山崩于前不退缩的铮铮铁汉；后者细腻温柔、悲伤欲绝，是满怀愧疚和哀伤的慈爱父亲。但其情感本质都是“爱”，前者是对全体村民的“大爱”,后者是对女儿的疼爱。两个场景,不仅展现了黄大发情感心理的丰富细腻,塑造了一个有生命质感、有血有肉的农民英雄形象,更体现了黄大发博大的胸襟和崇高的精神,为了修渠夙兴夜寐以至于耽误了给爱女看病,花季少女不幸殒命,怎不令人唏嘘、感佩!两个场景中,叙事时间几乎凝滞,典型的“慢镜头”,人物的动作、表情、心理、情绪,以及整个场景的环境气氛等构成事件的多种要素都得到细致关照和充分表现,对于塑造人物、表达思想、烘托情感均具有事半功倍之效。

英国作家弗吉尼亚·伍尔芙说:“好的小说,基础不是别的,而是人物。……伟大的作家都是使我们通过某个人物去看他所要我们看到的事物。”老舍也认为:“创造人物是小说家的主要任务。”“创造人物”的关键是“贴着人物写”,即人物的语言、行为、心理必须能充分体现人物的性格特征、情感情绪、精神气质。《山神》不仅浓墨重彩地塑造了黄大发这个农民英雄/硬汉形象,同时也塑造了一批与修渠有关的人物群像:妻子徐开美、县水利局副局长黄著文、县水利局技术骨干张发奎、年轻村主任张元华、老辈子杨春发等,这些人物虽然着墨不多,但其心性、品质都明晰可感,都在修渠大业中发挥了重要作用。作者没有把黄大发写成一个孤军奋战的个人英雄,而是凸显他对周围人的感召和引领力量,这样的叙事策略既是对报告文学“真实美学”的尊重，也深谙现实主义小说美学的真谛，对塑造典型环境中的典型人物大有裨益。

但“虚构”是小说的基本文体特征，“真实”是报告文学艺术生命的基础，如何处理好“纪实”与“虚构”的关系，既不因“虚构”损害“真实”的力量，也不因追求报告文学的真实性而牺牲艺术感染力？《山神》巧妙地将新闻笔法与小说笔法有机融合、自如转换。新闻笔法主要用于交代采访过程、记录被采访者的言谈举止、转述人物话语等方面，一旦进入情节、场景、细节，以及人物的心理、言行、情感层面，就由新闻笔法自然转为小说笔法。这样处理具有双重艺术功能：小说笔法使叙事跌宕起伏，细节场景细腻逼真，人物形象生动鲜明；新闻笔法文风朴质真诚，是典型的纪实文本，既保证了叙事的真实性、可靠性，又与“小说文本”形成恰当的“间离”效果，将读者从惊心动魄的“修渠传奇”中拉回现实，产生思想的启迪和情感的撞击。总之，新闻笔法与小说笔法的灵活转换，“纪实”与“虚构”的有机融合，使《山神》的主体部分呈现为小说文本与纪实文本交相辉映的审美特征，在确保报告文学真实性的前提下，大大增强了报告文学的“文学性”。

在新闻笔法与小说笔法的灵活转变中，叙事视角亦随之转换。叙事视角是叙述者讲述故事的角度，是叙述者得以完成叙事的方式，亦可称之为叙事聚焦，指描绘叙事情景和事件的特定角度,反映这些情景和事件的感性立场。视角体现的是“透过一个人的利益、立场和世界观”“看”,叙事视角因此成为作家艺术表达的重要手段。叙事学通常将叙事视角分为“全知”和“限知”两大类。全知视角是现实主义小说最常用的视角,其观察者就是叙述者,他全知全能,洞悉一切,对人物的“外在”与“内在”都了如指掌,不仅可以清晰描述人物的行动、语言、表情、思想、情感、情绪,还能随时对故事和人物做出自己的理解和评价,清晰表达自己的价值立场和情感态度,以自己的价值观念来引导叙事,进而引导和影响受众的价值判断和思想情感。《山神》的“小说文本”是典型的全知视角,作家不仅自由着掌控叙事逻辑,而且以精当的议论积极介入叙事的思想和价值层面,使作品的主旨得以彰显。

不同于全知叙事的“上帝之眼”,限知视角是一种受制于一定条件的“看”,叙事者只能讲述自己眼中的“事实”,包括人物内视角和外部观察者视角。人物内视角的叙事者是故事中的人物,“叙述的着眼点建立在人物主体的心理屏幕上的,反映到这面屏幕上来的客观世界的一切必然受到主体方面的同化。这样,当我们通过这个视点来观察世界时,这种观察事实上已经体验化了”①。米克·巴尔认为:“如果聚焦者与人

①徐岱:《小说叙事学》,中国社会科学出版社,1992,第207页。

物重合,那么,这个人物将具有超越其他人物的技巧上的优势。读者以这个人物的眼睛去观察,原则上将会倾向于接受由这一人物所提供的视觉。"①在《山神》中,县水利局副局长黄著文、县水利局技术骨干张发奎、年轻村主任张元华、村里的老人们,以及黄大发的妻子、儿子等人,他们既是叙事者、观察者,也是事件的参与者和亲历者,他们以第一人称追忆、回顾跟随黄大发一起开山修渠的往事,全方位、多角度地还原了当年修渠的真实历史,凸显了报告文学"真实性"的审美力量。尽管视角在众多叙事者之间不断转换,他们所讲述的事件也各不相同,但他们的叙事不是"众声喧哗"而是"众口一词",他们共同建构了黄大发的"山神"形象。

叙事视角的选择与转换都是为了更好地实现叙述意图并激发读者情感和思想的共鸣,从而更好地理解和接受叙事主题,以实现叙事的文化价值,传播故事的精神内涵。《山神》的叙事视角在全知与限知,以及多个人物视角之间自由转换,叙事时空在历史与现实、真实与虚构之间往返跳跃,不仅大大增加了叙事容量,也使叙事节奏张弛有度、详略得当,最关键的是很好地引领了叙事的价值认同。

美国著名非虚构作家盖伊·特立斯说:"'新新闻'虽然

①米克·巴尔:《叙述学叙事理论导论》(第二版),谭君强译,中国社会科学出版社,2003,第173页。

读起来像小说，但本质上不是虚构的小说。它追求的是一种更广泛的真实性，这种真实性光靠简单地罗列事实、使用直接引语及坚持传统报道的严格组织形式这三种新闻撰写手段是不能达到的。”①作为一部讲述英雄人物光荣事迹的“歌颂型”报告文学，《山神》何以产生如此巨大的审美张力和如此强烈的艺术感染力？关键在于何建明对报告文学文体形式的积极探索和大胆创新。散文笔法、新闻笔法与小说笔法等多种文体的巧妙互渗和有机融合、多种叙事视角的恰当选择与自由转换，赋予了《山神》别样的审美特质和强大的艺术张力。著名报告文学评论家丁晓原曾多次强调：“今天的报告文学，在全媒体语境中已没有了新闻性的优势，也没有了社会思潮推动的外力，我们应该在回到文体新常态中，依据非虚构写作的某些规律，建构报告文学文体自身的优长。”“报告文学需要走出过度的新闻性、过度的意识形态化，通过故事性和个人性的强化，在回到非虚构叙事中建构写实之美。”②《山神》为新时代报告文学如何讲好中国故事、传播中国精神提供了很好的借鉴和启示。

---

①盖伊·特立斯：《被仰望与被遗忘的·前言》，范晓彬、姜伊敏译，上海人民出版社，2017，第1页。

②丁晓原：《国际性写作报告文学的三个话题》，《福建论坛（人文社会科学版）》2016年第1期。

《革命者》：悲壮的英雄之歌 不朽的精神丰碑

英雄是民族最闪亮的坐标，是民族精神、民族气节最典型的表征。书写英雄、礼赞英雄是文学的永恒主题和重要使命。著名报告文学作家何建明有着鲜明的英雄情结和深厚的家国情怀，吴仁宝、黄大发等人的感人事迹因他的书写而家喻户晓，成为光彩照人的农民英雄，《浦东史诗》倾力书写的是上海改革开放伟大历史进程中的城市建设英雄，《上海表情》则鲜活呈现在抗击新冠肺炎这场猝不及防的疫情大战中涌现出来的众多“抗疫”英雄。2020 年“七一”党的生日前夕，上海文艺出版社出版的《革命者》，则是何建明致敬革命先烈的倾情力作。作为一部革命历史题材的报告文学，《革命者》既是对上海革命历史的深度呈现，更是对革命英烈的深情礼赞，是一部献给革命先烈和当代中国的正气歌，是悲壮的英雄之歌，更是不朽的精神丰碑。

艺术的力量不在思想本身，而在于如何去表现这些思想。在中国革命历史中，上海作为中国共产党的诞生地和早期中共中央机关所在地，是名副其实的早期革命中心，同时，上海还是与国民党南京政府作严酷斗争的江苏省委所在地。因其地位特殊、意义重大，白色恐怖下牺牲的革命者难以计数，仅上海龙华和南京雨花台两座革命烈士纪念馆展示的就有约3000位先烈的事迹。如何书写如此波澜壮阔的上海革命史和如此庞大的烈士群体，对任何一位报告文学作家而言，都是巨大的挑战。《革命者》再次彰显了何建明驾驭重大题材的文学功力，他创造性地吸纳了“史传运事”“依年布事”“事系于人”的中国传统叙事智慧，选择上海革命史中具有特殊意义的重大事件和时间节点，以翔实、准确的史料为基础，概述其来龙去脉，提纲挈领、要言不烦。作品对中国共产党诞生、第一部中文版《共产党宣言》的诞生、黄仁惨案、顾正红惨案、五卅惨案、五卅运动、“四一二”反革命政变等重大历史事件和重要时间节点的叙述都是采用了这种方式。全书以上海革命发展历程为主线，银线串珠般地串联起这些重大历史事件和重要时间节点，以极其俭省经济的笔墨勾勒出上海革命历史的史诗画卷，尤其是对上海大学这座革命熔炉的隆重书写，充分体现出上海红色革命文化的厚重、博大和深广。对每个重大历史事件和时间节点的中关键人物、重要场景和典型细节则浓墨重彩、精雕细刻、栩栩如生。如这段叙写陈独秀跟李汉俊、陈望道等人见面时的场景：

1920 年初的上海格外寒冷，雪花覆盖了黄浦江两岸，法租界的渔阳里一片银装素裹。

“但我感觉到了你们身边，如同在熊熊燃烧着的熔炉边一样，格外温暖！”陈独秀踏着雪水，来到环龙路渔阳里 2 号，见了李汉俊、陈望道等后，把身上的大衣一脱，一边与他们一一拥抱，一边激情道。

寥寥数语，环境气氛、人物动作、表情、语言、心理、性格等等，无不跃然纸上。《革命者》中，类似这种具有强烈艺术感染力的文字比比皆是，“真理的味道是甜的”“囚车上的婚礼”“瞿秋白的上大课堂”，以及众多革命志士牺牲时的悲壮情景，都令人过目不忘，读来撼人心魄。善于调动各种艺术手法，以简洁明快的笔法写人叙事，尤其是细节、场景的细腻、生动呈现，极具现场感和镜头感，是形成何建明报告文学持久魅力的重要艺术手段。

这种叙事策略的合理运用，在思想内涵和艺术表达两个层面都收到举重若轻、事半功倍的艺术效果。思想层面：宏大的革命历史和历史进程中具体鲜活的革命人物及人物命运交相辉映，体现出革命者在革命历程中的重要作用。艺术表达层面：严谨的历史性叙事与逼真的文学性叙事相辅相成，